一句獨秀

下

南小笙 著

風文創 1138

目錄

第三十一章

「三哥，你覺得女孩子自己會賺錢不好嗎？」喬月轉頭看著蘇彥之。

蘇彥之笑了一下，說道：「當然好，自己手裡有銀子比什麼都強。」

喬月道：「是嗎？你們讀書人不是都覺得女子只要在家相夫教子、侍奉公婆就好了嗎？掙錢什麼的，那是男人的責任。」

蘇彥之愣了一下，見她疑惑的雙眼，搖頭道：「別人怎麼想的我不知道，但是女孩子若能自立自強是最好的，若是婆母無德，丈夫無用，女子手中又沒銀錢，那這日子不是很苦，不僅苦了自己還苦了孩子。」

喬月眼睛一亮。「那你贊同女子和男子一樣做生意或是外出賺錢了？」

「嗯，靠誰都不如靠自己。」蘇彥之很認真地說。

他雖然不是女子，但讀書這麼多年，也見識不少。

書中對女子的要求著實不少，且女子大多都依附於男子，終日待在家中，男子若是老實本分還好，若是在外面胡來，女子沒有謀生的本事，只能帶著孩子在家中挨餓。

技多不壓身，女子不能考試做官，但是學點謀生賺錢的本事還是不錯的。

喬月很高興蘇彥之不是那種迂腐的讀書人，與他聊了一會兒後，心情也好了很多。

「三哥，我要去睡覺了，你也早點休息吧。」喬月站起身道。

「嗯。」

蘇彥之點點頭，見她臉上的表情變得輕鬆起來，他也露出了笑容。

因徐氏的阻攔，喬月擔心再起爭執，便沒有再教蕓娘做雞蛋灌餅。

秋冬是進補的最佳時機，蘇彥之明年就要秋闈了，學業也日漸加重，為了不耽誤學習，便不再去街頭給人寫信。

每天晚上回到家，吃完晚飯就是看書、寫文章，常常學習到三更半夜，時間一長，蘇彥之眼下的黑眼圈也越發嚴重，喬月勸過幾次讓他要注意身體，但蘇彥之卻沒有聽進去。

劉氏擔心兒子的身體熬不住，每天深夜起床幫兒子做宵夜補充體力，沒想到，劉氏竟因為起夜被寒氣傷了身體而病倒了。

喬月端著熬好的藥走進劉氏的房間。

劉氏靠在床頭掩口咳嗽，她這是感染了風寒。

「娘，喝藥。」喬月走過去把溫熱的藥湯遞給劉氏。

苦澀的藥汁喝完，劉氏接過喬月遞來的水漱了漱口，說道：「年紀大了，身體不行了，吹了點風就扛不住了。」

喬月道：「娘，現在天氣漸漸轉涼，夜裡本來就冷，以後晚上不要起來了，我起來給三哥做。」

劉氏點點頭道：「辛苦妳了，三郎每天熬夜，我真擔心他身體受不住。」

喬月點頭說知道，以後會多做一些有營養的東西給蘇彥之補身體。

剛入秋，天黑得早，喬月吃完晚飯準備上床睡一會兒，但又擔心沒有鬧鐘會睡過頭，索性不睡了。

拿著紙筆，喬月敲了敲蘇彥之的房門，推門進去後，見蘇彥之正在讀書，便在門口說道：「三哥，能跟你一起學習嗎？」

蘇彥之露出驚訝之色。「這麼晚了，小妹還不睡？」

喬月走進去道：「我想跟三哥學習讀書認字。」

現在入秋了，地裡的活也不忙，喬月每天睡到什麼時候起床，家裡也沒人唸她，她想著反正要給蘇彥之做宵夜，不如利用這個空檔學習認字和練毛筆字。

她那一手慘不忍睹的毛筆字，實在是無法見人。

蘇彥之對喬月如此好學的上進心感到很開心，他趕緊收拾了一下桌子讓喬月坐下。

「三哥，我會不會打擾到你？」喬月站在桌邊問。

蘇彥之搖頭。他只要進入學習狀態，外界的干擾幾乎不會對他造成影響。

「只要沒發出太大動靜就行了。」蘇彥之說完，接過喬月手中的書本看了一下，還是上次給她看的三字經。

「都會讀了嗎？」蘇彥之問。

喬月點點頭，拿過書本讀了一遍，又合上書全部背了下來。

蘇彥之點點頭。「把妳寫的字給我看看。」

說到字，喬月有些不好意思，把一本空白本子遞過去，就見蘇彥之打開看了一眼，眉頭便微微皺了起來。

見喬月低著頭，蘇彥之沒有說什麼，而是重新拿了一張紙過來，又教了一遍書寫毛筆字的技巧，接著讓喬月慢慢練，便沈浸到自己的世界裡去了。

不知過了多久，喬月直寫到手腕和脖子都痠痛了，抬起頭看了眼蘇彥之，只見他正全神貫注地讀書。

她走到窗前看了下天色，估摸著已經快到子時了。

收拾好桌上的東西，喬月輕手輕腳地推開門走了出去。

穿好衣服來到廚房，把之前醒發好的麵團從盆裡取出放在案板上，擀成一片大餅，刷上準備好的油酥後切成條，再扭成麻花狀。

把鍋燒熱後放入一點油，再把準備好的花捲胚放入鍋中用小火煎。等待的時候，喬月點著了用來煎藥的小爐子，燒開水後放鹽、放油，把醃好的肉絲放進去燙熟，這時鍋中的花捲已經煎好了，散發出陣陣香味。

她拿出碟子把花捲盛出，花捲非常鬆軟漂亮，底部也已經煎得金黃。

肉絲燙熟後，喬月往裡面倒入蛋液，再撒上一把蔥花，好喝的肉絲雞蛋湯就做好了。

喬月端著做好的宵夜走進房間的時候，蘇彥之被聲音驚了一下，抬起頭才發現喬月竟然離開去做了宵夜。

「小妹？」

蘇彥之有些疑惑，今晚怎麼是她送宵夜？

喬月走進去順手關上門，說道：「娘染了風寒，身子不適，我跟娘說以後夜裡我給三哥做吃的。」

「妳來學習是為了等到這個時候給我做宵夜？」蘇彥之一下子便看穿了，聲音有些提高了問道。

喬月也沒有隱瞞，點頭道：「嗯，也不全是，我是真的想讓三哥教我讀書認字的。」

蘇彥之起身整理了一下書桌，伸手接過喬月手中的托盤放在桌上，示意喬月坐下。

「其實不用每天都做，我不餓。」蘇彥之覺得有些不好意思，他一個人讀書，家裡人卻要因為他寢食不安的。

雖然喬月說是要學習讀書認字，但蘇彥之知道，說到底還是為了他的身體。

喬月笑了一下，說道：「沒關係，三哥天天熬夜要是身體熬壞了，娘該傷心了。」

古代農家的讀書人可以說是全家人的希望，蘇彥之也是如此，蘇家五代只出了蘇彥之這麼一個讀書人，而且在讀書上還很有天分，十五歲就已經是秀才，在秋山村可以說是小神童了。

蘇家一家人掙錢供蘇彥之讀書，就是為了將來蘇彥之能高中做官，這樣前期的投資就都是值得的了。

蘇彥之坐在椅子上，被托盤上的食物勾得饞蟲都要出來了，他盛了一碗湯，喝了一口，湯很鮮美，鹹淡適中。

他挾起一個花捲咬了一口，味道鹹香鬆軟，非常好吃。

「味道很好。」

這是他這段時間吃到最美味的食物了。

劉氏給他做的宵夜多是下一碗麵條、煎個荷包蛋或是煮一碗肉湯，劉氏的手藝都是村裡人家常吃的菜色，麵食也就是饅頭和包子。

在喝掉碗中最後一口湯的時候，蘇彥之才發現自己把花捲和湯全都吃完了。

他什麼時候這麼會吃了？

蘇彥之放下碗，突然打了個嗝，一抬頭就見喬月微笑看著自己，頓時感覺臉皮有些發熱。

「三哥喜歡吃就好。」喬月笑咪咪地看著他，把碗碟收拾了一下。

蘇彥之「嗯」了一聲，說道：「小妹趕緊去休息吧，夜已經深了。」

喬月應了一聲，轉身走了出去。

蘇彥之盯著關起的房門，好一會兒才把注意力放回書本上。

就這樣過了幾天，在劉氏表示自己身體好了想要給蘇彥之做宵夜後，蘇彥之頭一次拒絕了劉氏的提議。

「娘，小妹晚上正好跟著我學習，您還是歇著吧，白天還要照顧家裡。」蘇彥之道。頓了一下，蘇彥之誠實地表示喬月做的宵夜很美味。

劉氏「哦」了一聲，笑咪咪地同意了，轉頭又去找喬月，說若是身體受不了就讓她來做。

這天，喬月正蹲在水缸邊洗菜，蕓娘過來蹲下身，沈默地幫起了忙。

喬月看著她不說話的樣子，似乎心情很不好，便問道：「蕓娘，怎麼了？怎麼心情不好？」

蕓娘輕輕「嗯」了一聲，沒有回答喬月的話，反而問道：「小姑，妳能繼續教我做雞蛋灌餅嗎？」

喬月有些驚訝地看著她。「可是妳娘……」

這幾天徐氏對她的態度可以說是有點冷漠，以前只是很少說話，現在簡直拿她當透明人了。

而劉氏對於蕓娘學手藝這件事也是不贊同的，她也表示蕓娘將來是要嫁人的，學到的手藝日後都會便宜了男方家，賺的錢娘家是一分也撈不到。

喬月聽了沒有再說什麼，既然他們都不同意，她也很難再堅持。

只是現在看蕓娘堅定的表情，喬月道：「妳娘知道了肯定不同意。」

她以為蕓娘只是隨便提一下，畢竟她性格向來溫軟，徐氏那麼強烈的反對，她肯定不會反抗。

沒想到，蕓娘的態度卻非常堅決，她鄭重道：「小姑，求求妳教我吧，我想學一個傍身的手藝，我不想一輩子只能依靠男人，我想自己掙錢。」

這幾天徐氏跟她說了不少喬月的話，說她教自己那麼浪費糧食的雞蛋灌餅就是在故意刁難她。

徐氏還說喬月給虎子介紹的是穩定又賺錢的工作，而且一個精緻的竹編能賣好幾兩銀子，說什麼叫她學手藝賺錢，學的什麼手藝，不過是賣煎餅，兩、三文錢一個，一天能賣多少？只怕一個月賺的錢都沒有人家一天賺的多。

若是喬月真心想要教她賺錢，為什麼不把自己做精油皂的方法交給她，那才真是個賺錢的手藝。

況且，喬月若真的是為了她好，為什麼不拿幾十兩銀子出來給她，日後若是成親，這就是一筆豐厚的嫁妝，裡子、面子都足了。

現在要教她做什麼生意、擺什麼攤子，幾文錢的東西算得了什麼？

前幾天周氏過來說讓徐氏幾日後回娘家一趟，她小弟把借她的錢都還上，還能多給她五兩銀子，說賺到的先分她一點。這讓徐氏更加激動了，心中越發堅定還是自己娘家兄弟才是最可靠的。

她告訴蕓娘，不要出去拋頭露面，若是以後蘇彥之高中，她勉強也能算得上是位小姐了，這面子是最重要的。

蕓娘聽了卻不以為然。

蘇彥之不管高中與否，跟她都沒有多大關係，她和蘇彥之已經隔了一輩，若是蘇彥之高中，肯定不會留在秋山村，她難道還妄想靠著蘇彥之不成？

她以後是外嫁的女兒，家裡也不會拿多少銀子給她做陪嫁，若是想要在婆家站穩腳跟，只能自己有本事才行。

這麼長時間以來，她看著喬月賺錢，經常買很多東西回家，現在家裡雖然不說頓頓大魚大肉，但米飯和白麵確實很常吃，飯桌上的菜裡也有油了，三天兩頭還能吃上肉，這樣的好日子，有很大部分都是喬月的功勞。

現在在家裡，喬月說什麼劉氏都覺得對，若不是喬月現在年紀還小，又是家中的養女，只怕這家劉氏都要讓她來當了。

蕓娘很羨慕喬月，知道她有本事，以後的日子只會越過越好。

但是自己不一樣，她什麼手藝都不會，光靠種田，日子又能好到哪裡去呢？

所以，今天她鼓足勇氣來懇求喬月，希望喬月能再幫幫她。

喬月見她這麼堅定，便點點頭，說道：「我教妳可以，但不教妳做雞蛋灌餅了。」若是蕓娘還學不會再浪費白麵，怕是家裡又要生事了。

蕓娘本來高興的臉立刻黯淡下去，心道小姑果然生娘的氣了，不肯教她好手藝了。

「我教妳一個更簡單的雜糧煎餅，味道也很好，既好吃又快速。」喬月拍了拍她的肩膀。「這個真的很簡單，妳一學就會。」

「真的嗎？」蕓娘臉上又露出期待的神色。

「真的。」喬月很認真地點頭。

當天中午，喬月便把做雜糧煎餅的方法交給她，還教她做了兩種味道很不錯的醬料。

擺攤那天，正巧徐氏回去娘家了，喬月和藝娘把東西準備好搬上驢車，在劉氏不贊同的目光下往縣裡出發了。

她們選擇的地方正是繁華的集市，去的時候天剛亮，各種小攤子都已經開始擺起來了。巷口有一塊很大的空地，擺攤賣早點的大多都在這裡。

茶葉蛋、包子饅頭、炊餅、油酥餅、陽春麵、豆子粥和餛飩水餃，花樣非常多，熱熱鬧鬧地排在道路兩旁。

藝娘第一次見到這種陣仗，有些緊張，她吞了吞口水說道：「這麼多人，咱們會不會賣不出去啊？」

喬月把毛驢拴在身後的大樹上，那裡是專門拴驢和牛的，有專人看管，不管是半天還是一天，只收費五個銅板。

「別擔心，這裡客流量這麼大，肯定能賣出去的。」

兩人把東西搬到一個空位上，藝娘蹲在地上把爐子點燃。

舀一勺玉米麵糊在鐵板上，用刮板迅速刮開，薄薄的餅皮很快就熟了，藝娘拿著鏟子快速將餅皮翻了面，在上面抹上一層甜麵醬，再撒上一些黑芝麻增香，再把準備好的餡料舀上兩勺放在餅皮上。

蕓娘在製作的時候，喬月就開喊了，還是那幾句廣告詞，但是很有效。身邊賣東西的攤主們都很熱情，她也不能落了下風。

蕓娘瞅了一眼喬月，覺得小姑非常大膽，她試了幾次卻都喊不出來。她們兩個姑娘出來擺攤本來就有點不好意思了，還要這樣喊叫攬客，蕓娘臉都紅了也沒喊出口。

把餅皮整齊地疊好後，另一半鐵板上抹上油，把疊好的餅放在上面煎，很快的，香味就飄了出來，兩面煎至金黃就做好了。

「小姑娘，這煎餅什麼餡兒？怎麼賣啊？」一個拎著菜籃的中年婦人聞到香味走了過來。

蕓娘極少跟陌生人說話，見人過來頓時緊張起來，說話也開始結巴。

喬月從地上站起來，笑著道：「大娘，這是雜糧煎餅，裡面是韭菜、馬鈴薯絲和雞蛋餡，還抹了甜麵醬，味道很好，只要三文錢一個。」

喬月手腳麻利地用白菜葉包了一個，熱情道：「大娘，買一個嚐嚐吧，好吃又不貴。」

中年婦人點點頭，從袖中拿出三個銅板道：「來一個嚐嚐。」

「您拿好，好吃再來。」喬月笑著把餅遞過去，收了三文錢。

待人走後，蕓娘覺得有些不可思議，她看著盒子裡的三個銅板道：「這就……賣出去了？」

見她有些愣神，喬月笑著拍了她一下。「賣出去啦，別發愣了，趕快做吧。」

「哦哦。」蕓娘回過神來，臉上頓時露出大大的笑容，手下動作更加麻利起來。

與此同時，劉氏在家中焦急地走來走去。

「這都快中午了，怎麼還沒回來？」

她很著急也很擔心，一直在想早上要是跟她們一起去就好了，兩個小姑娘，要是在路上出了什麼事，可怎麼辦啊！

趙氏在廚房炒菜，聞言說道：「娘，您別太擔心了，路這麼遠，沒這麼快的。」

「唉！」劉氏嘆了口氣，背著手走到門口朝村頭張望著。

不知過了多久，聽見驢車行駛過來的聲音，劉氏猛地從椅子上站起來走了出去。

「娘！」

「奶奶，我們回來了。」

喬月和蕓娘喊了一聲，從驢車上跳了下來。

「怎麼這麼久才回來，我都擔心死了！」

劉氏懸著的一顆心放了下來，上前接過喬月手中的韁繩，把元寶身上的繩子都解開，把板車放了下來。

元寶最喜歡這個時候了，卸下沈重的板車，牠高興地抬頭打了個響鼻，自顧自地往草棚走去了。

見兩人空著手，劉氏以為她們什麼也沒賣掉，面色有些不悅道：「明天不要去了，這路又遠，東西還賣不掉，浪費麵。」

喬月把頭巾解下來，莫名道：「娘，沒有啊，今天做的麵糊都賣掉了。」

劉氏不相信。「都賣掉了？」

「對啊，奶，賣了三十個呢，您看。」藝娘把裝錢的盒子從雜物筐裡拿出來，遞到劉氏眼前。

「這麼多銅板，賣了多少錢？」劉氏伸手撈了一把，銅板發出嘩啦的聲響。

藝娘道：「賣了九十文錢，一個餅賺一文錢，賺了三十文呢。」

劉氏驚訝地瞪大眼睛，看向喬月。

喬月點點頭，笑著挽著劉氏的胳膊。「娘，我們厲害吧，以後家裡又多了一個進項了。」

劉氏伸手點了點她的額頭。「鬼丫頭，就妳點子多。」

蕓娘和虎子一樣是孫子輩的，養家的事用不著他們，賺的錢不用交到公中，他們掙的錢可以做自己的嫁妝或彩禮，算是各房的私房錢。

只是這份開心還沒維持多久，飯後徐氏從娘家回來，帶著滿臉的春風得意。

「娘，我今天和小姑去賣煎餅了，您看，賺了錢了！」蕓娘第一個跑出去，抱著錢盒子開心地遞到徐氏面前。

徐氏表情一變，伸出手狠狠戳了蕓娘的額頭一下。「這才賺了幾個錢，也值得高興，還拿給我看！」

「哎喲，娘！」蕓娘被戳得往後倒退幾步，手中的盒子咚的一聲掉在地上，裡面的銅錢嘩啦啦撒了一地。

「這是幹什麼，好好的發什麼火？」劉氏趕緊走上前，瞪了徐氏一眼。

徐氏被她嚴厲的語氣嚇了一跳，立時收起怒容道：「娘，今日我回娘家是去拿銀子的。」說著，她從荷包裡拿出五兩銀子給劉氏看。

「這是我娘家弟弟做生意賺的，之前他們找我借了點銀子周轉，還答應分給我利潤，這不，今天就有了。」

她的語氣很得意，劉氏剛要伸手去拿銀子，徐氏把手縮了回來。「娘，這應該不用交公吧？」

劉氏沒好氣道：「不用！」說罷，轉身進了屋。

徐氏也哼著小曲往房間走去，只留下蕓娘蹲在地上，把銅板一個一個撿了起來。

第三十二章

「蕓娘，今天賺了多少錢啦？」

午飯剛過，攤子終於閒下來，喬月坐在小板凳上休息，開口問道。

蕓娘正抱著錢盒子在數，片刻後，興奮地說：「今天賺了一百八十文了！」

喬月點頭。「除去成本賺了八十文，真不錯。」

蕓娘點頭，把錢倒進隨身攜帶的布包裡，斜挎在肩上，笑著道：「小姑，今天我們吃餛飩吧。」

喬月笑著點頭。

蕓娘往餛飩攤子走去，不一會兒端著兩碗素菜餛飩走了回來。

下午街上沒什麼人，兩人便趕著驢車回去。

路上，蕓娘買了一斤雞蛋帶回去。雖然不多，但蕓娘還是很高興，畢竟這是用她自己掙的錢買的東西。

到家的時候，徐氏和趙氏正在院子裡洗刷東西，喬月兩人喊了一聲，把驢車上的東西都卸了下來。

「娘，這是我買給家裡的雞蛋。」蕓娘拎著雞蛋走到徐氏面前，小心翼翼地說。

徐氏瞧了一眼，淡淡問道：「今天賺了多少錢啊？」

蕓娘抿了抿嘴，拎著雞蛋籃子的手緊了緊。「淨賺八十文錢。」

徐氏一伸手。「拿來。」

這已經不是她第一次找蕓娘要錢了，這半個多月以來，蕓娘每天賺的錢都被徐氏要去了，說是要給她攢著將來做嫁妝。

蕓娘眸色暗了暗，藏起情緒，把錢袋拿下來遞給徐氏。

「怎麼就這麼點了？」徐氏當即便打開錢袋，數完後瞪著眼睛罵道：「死丫頭都拿錢買什麼了？」

「沒有，就中午吃了兩碗餛飩，買了兩條綁頭髮的彩繩和一斤雞蛋。」蕓娘被她瞪得一顫，從懷裡拿出兩根彩繩。

徐氏哼了一聲道：「掙幾個錢不得了了，還吃上餛飩了，妳老娘我還沒吃過呢！還買雞蛋，家裡用得著妳買東西？瞧瞧妳，掙幾個錢啊，就這樣浪費！」

「大嫂，這是孩子的一片心意，妳就別說她了。」

趙氏聽著覺得這話說得極為刺耳，他們虎子當學徒好幾個月了，從沒給家裡買過什麼東西，今天蕓娘不過是買了一斤雞蛋，徐氏就這樣說開了，難道是在指桑罵槐說他們？

蕓娘臉色變得難看起來，她看了看趙氏，又看了看正在卸板車套繩的喬月，眼睛一紅，扭頭往房間裡跑去。

「臭丫頭，還說不得了，掙幾個錢就不把妳老子娘放在眼裡了，說妳兩句還跑！」徐氏板著臉朝屋裡又說了幾句。

吃晚飯時，劉氏煮了一鍋蛋花湯，徐氏又不冷不熱地說了幾句，搞得桌子上的氣氛很是尷尬。

劉氏覺得這段時間這個大兒媳是越來越過分了，說話總是夾槍帶棒的，不是明著說二房的虎子掙錢多、工作好，就是暗戳戳說喬月掙銀子最容易，應該把掙錢的方子拿出來。

有好幾次劉氏都想罵她，但想到兒子和兩個孫女，不想吵起來弄得家宅不寧，只是每每都被她氣得臉色鐵青。

「妳這是幹什麼！」蘇大郎把徐氏拽回房間裡，臉色難看地道。

「痛死我了！」徐氏揉著胳膊，瞪著蘇大郎。她絲毫不覺得自己方才有什麼不對的地方，皺眉道：「怎麼了？什麼幹什麼？」

蘇大郎抓了抓頭，在院子轉了兩個圈，說道：「還怎麼了？妳在飯桌上說的都是些什麼話，孩子賺幾個錢，高興給家裡買點東西怎麼了？就一斤雞蛋，妳至於嗎？」

徐氏一聽到這個，火頓時就上來了，她坐到凳子上指著蘇大郎道：「我怎麼就不能說了？我說的有錯嗎？虎子到現在也賺了好幾百文錢了，從來沒給家裡買過什麼，藝娘才賺幾個錢就買雞蛋，家裡用得著她買東西嗎？」

蘇大郎有些氣悶。「怎麼不能買了，都是一家人，一斤雞蛋值多少錢，何必弄得大家都不高興？」

「哼，你倒是一家人說得親熱，你那個一家人裡的小妹那麼會賺錢，怎麼不見她把賺錢的方法拿出來啊？」

蘇大郎道：「那是小妹自己的手藝，況且她不是教藝娘做煎餅了嗎？每天都能賺錢。」他以前還覺得喬月不顧他們，沒想到她早就安排好了，他就知道沒白疼小妹這麼多年。

「一個煎餅才幾文錢？她那個什麼精油皂，一個就賣好幾兩銀子，跟下金蛋的雞一樣，要是她肯拿出來，咱們家裡早發財了！」徐氏不滿道。

直到現在她還覺得喬月就是差別對待，要是真有心幫他們掙銀子，那怎麼不教藝娘真正賺錢的東西呢？也就蘇大郎，老實巴交的好哥哥，一個煎餅攤子就把他打發了。

蘇大郎覺得徐氏現在已經掉錢眼裡去了，前幾天她娘周氏又送來五兩銀子，現在徐氏說話的聲音都大了，脾氣也大了不少。

「妳以為小妹那個皂是那麼好做的？妳看她花了多少心血在上面，不說製作方法，那些材料有幾樣妳認識？」

蘇大郎說的毫不客氣。這徐氏越來越過分了，這話說的，就差沒直接找喬月把製作方法要來了。

徐氏被他說得一噎，不服氣道：「不認識就不認識，我還不稀罕呢，我現在有錢！」說完，她表情得意起來。「我娘說了，到了年底還能給我拿點銀子過來，這可是坐在家裡收錢，這福氣可不是誰都能有的。」

蘇大郎聽完，氣到不想跟她爭辯，關上門出去了。

喬月跟著蘇彥之學習了一個多月，進步非常多，不僅背書變快了，就連寫的字也進步不少。

「三哥，我去廚房做宵夜，你幫我看看我寫的對不對？」

喬月把最後一道題寫完，對蘇彥之說道。

蘇彥之應了一聲，放下手中的書，拿起喬月默寫的文章。

廚房裡，喬月把砂鍋裡泡好的大米放在小爐子上煮，拿出兩個皮蛋搗碎放在砂鍋中。

接著，她把早上買的新鮮豬肉從涼水裡拿出來，切了一塊瘦肉，切成細絲加上一點生薑絲和鹽，再加一點澱粉抓拌均勻，放在一邊醃製。

她將發酵好的麵揉好後切成小劑子，擀好後包入豬肉韭菜餡。鍋中燒油，把餅放進去烙，這時砂鍋中的粥已經熬好了，重口味的皮蛋摻雜在米粥裡，鮮香的味道飄了出來，再放入醃好的瘦肉，用筷子攪散，蓋上砂鍋蓋燜一盞茶的時間。

韭菜盒子烙至兩面金黃後就可以出鍋了。

喬月端著皮蛋瘦肉粥和韭菜盒子進了房間，早就被香味勾起饞蟲的蘇彥之迫不及待起身接過托盤，放在整理好的書桌上。

「三哥，我寫的怎麼樣？」喬月問。

蘇彥之點點頭，拿過紙張說道：「很不錯，只錯了幾個字，有時間抄上幾遍就行了。」

喬月看了一下，把紙摺好放進書中，笑咪咪道：「我知道了，三哥快吃吧。」

蘇彥之看著托盤裡的宵夜，說道：「小妹，妳也吃一點吧，這麼多我一個人也吃不完。」

喬月搖頭道：「三哥多吃點。」

蘇彥之很堅持。「一起吃吧，這麼長時間辛苦妳了，要是妳累瘦了，娘會心疼的。」

「好吧。」喬月點點頭，起身去廚房拿來碗筷。

蘇彥之還是第一次吃皮蛋瘦肉粥，他驚訝粥裡除了放豆子，還能放這些東西。

「怎麼樣？」喬月喝得滿口鮮香，問蘇彥之。

「好吃。」蘇彥之點點頭。

喬月搖頭失笑。「三哥，你可以說真話的。」這段時間不管她做什麼，蘇彥之都說好吃。

「是真話，真的很好吃，妳做的這些我沒吃過也沒見過，味道非常好。」

蘇彥之一臉認真。

他說的是真的，喬月的手藝非常好，半個多月的日子，她做的宵夜沒有一次重複過，花樣百出，味道卻都一樣，那就是一樣的美味。

喬月見他不像撒謊，開心地彎了彎唇角。

一大清早，蕓娘和蘇大郎把東西全都裝在車上固定好，兩人坐上車，蕓娘朝屋裡喊了一聲。

「娘，我和爹爹出門了！」

半個月前，喬月就沒有再和蕓娘去擺攤了，蕓娘對喬月教自己手藝已經很開心了，被喬月帶過幾次以後，便主動提出讓喬月在家休息，以後她和爹爹一起去縣裡就行。

蘇大郎不像徐氏，他對女兒的生意很是支持，已經快到深秋了，地裡也沒什麼活可幹，每天就是上山砍柴為過冬做準備，於是蘇大郎便答應和女兒一道去擺攤，下午回來後再去山上砍柴。

吃過早飯，劉氏帶著喬月回娘家，徐氏和趙氏在家裡收拾碗筷、整理家務。

突然，院子裡傳來急切的喊聲，徐氏朝窗外看了一眼，見是自己的母親周氏急匆匆跑了進來。

她快步走了出去。「娘，怎麼了？」

徐氏有些緊張，以為家裡出了什麼大事。

周氏徑直走進堂屋，拎起茶壺給自己倒了杯水，喝完後舒了口氣，說道：「春菊，娘今天來找妳，確實有點急事。」

徐氏心一顫，緊張地坐到板凳上問道：「娘，家裡出什麼事了？」

周氏愣了一下，隨即笑道：「家裡沒事，是妳弟弟他託我來找妳借點錢。」

「哦！」徐氏頓時放鬆下來，問道：「借多少？」這段時間她從娘家拿了點銀子，現在手頭還算寬裕。

可在周氏說了一個數字後，徐氏卻是一驚。

「這麼多？娘，這……我哪裡拿得出來啊！」

第三十三章

一百兩！

徐氏被周氏的話嚇了一跳，她哪裡有這麼多銀子？

周氏皺眉。「那妳有多少？」

徐氏想了一下。「約莫三十兩。」

「太少了。」

周氏搖頭，端起茶水抿了一口，看著徐氏，語氣誠懇地說道：「春菊，妳三弟現在也是急著要，沒辦法才來找妳的，妳放心，年底肯定還給妳。」

徐氏看著母親失望的表情，連忙解釋。「娘，我不是這個意思，我是真的沒有這麼多銀子。」

她嘆了口氣，又問：「怎麼突然要這麼多銀子？」

周氏往椅背上一靠。「妳弟弟說快到年底了，想抓緊這段時間多掙一點，這資金一時周轉不過來了。」

周氏說的倒是真的，徐老三確實是因為做生意資金周轉不過來，這才讓周氏來找徐氏借錢。

他不親自來借錢，還是因為以前和徐氏鬧了很多不愉快。這幾年徐家的日子雖不說富貴，但比起蘇家還是要好很多，因而他們兄弟也多少有點瞧不起這個姊姊。

若不是徐氏這麼些年逢年過節拿錢回去孝敬父母，只怕他們早就不來往了。

自從徐氏上次一下子拿出好幾兩銀子借給他們，徐家一家人覺得徐氏這麼多年哭窮不過是裝的。

現在蘇家青磚瓦房蓋起來了，連一個養女都有本事做生意了，聽說二房獨子的工作就是這個養女安排的。

還有徐氏的女兒，十幾歲的姑娘也在縣裡擺攤掙錢。

他們覺得這段時間徐氏肯定有不少收入，不管是喬月還是蕓娘掙的錢，只要沒分家，這銀子就應該人人有份。

周氏一貫是重男輕女的，兩個女兒嫁人時收的銀子都給兒子做聘禮了，另外還讓她們拿了銀子。自古以來傳宗接代、養兒防老都是兒子的事情，女兒辛苦養大就是為了給兒子鋪路的。

所以徐老三和周氏商量後，決定來找徐氏借錢，畢竟外嫁女的錢要來一兩是一兩。

見徐氏還是有些為難，不願意拿銀子的模樣，周氏臉色立刻沈了下來。「怎麼，妳就這般不願意？

「雖說是來找妳借錢，但這錢還是算妳分紅的，上一次借錢妳也賺到錢了不是嗎？」

周氏深知自己這個女兒的性子，聽話又戀家，一直想得到娘家的重視，這麼多年來貼補了不少銀子，對自己夫婦倆還算有孝心。

雖然周氏知道一百兩銀子確實很多，一般家庭一下子是拿不出的，但老三說得對，嫁出去的女兒如潑出去的水，若是以後蘇彥之真的高中，肯定會念在兄嫂供養他讀書的分上，帶著全家搬走，到時候他們再想找徐氏要一個銅板只怕是不可能了。

不如趁現在把銀子都要過來，反正老三的生意最是缺銀子了。

「娘，我……」徐氏囁嚅著，不知道要怎麼說。

她咬牙借了錢，但是事後的確是賺到了。

周氏面色不悅地看著徐氏，語氣有些慍怒。「妳弟弟難得找妳借錢，妳就這麼推三阻四的？」

徐氏眼皮一跳，聲音高了起來。「娘，我沒有！」

她生怕周氏生氣，小心安撫道：「娘，我知道您是為了我好，但一百兩銀子不是小數目，我真的沒有。」

說完，她怕周氏不相信，把藏錢的盒子拿了出來，當著她的面把鎖打開。「真的只有這麼多。」

周氏看著盒子裡的銀子，數了一下。

二十三兩銀子。

見她沒撒謊，周氏面色稍微好看了一點，但還是很不高興。

「那怎麼辦？老三可是指望著妳這個姊姊，村裡誰不知道蘇家現在有錢，生意做了好幾門，家裡還有一個神童稱號的秀才，將來是要做大官的。」

她又問道：「蕓娘在縣裡賣煎餅，生意怎麼樣？賺了多少錢了？」

徐氏笑了一下，說道：「小孩子弄著玩的，一天不過幾十文錢的收入。」

「那錢呢？雲丫頭自己收著？」

「沒有，都在我這兒了。」徐氏指了指盒子裡一個布袋，裡面裝的都是蕓娘掙回來的銅板。

周氏想著，心中有了計較。

現在這攤子雖然還沒掙到大錢，但是以後就說不準了。

她道：「這麼點銀子實在不夠，妳再想點辦法，要不然我回去怎麼跟妳弟弟交代，我們家過年可就指望著這一筆生意了。

「這段時間妳弟弟一直在家裡誇妳，說二姊比大姊厲害多了，能幫襯他，以後發了財一定要好好回報妳。」

周氏一邊說，一邊觀察徐氏的臉色。

果然，她見徐氏表情變了變，透出一股淡淡的驕傲。

「娘，您容我想一下。」徐氏說著，站起身走了出去。

在門口轉了幾圈，她皺眉想著辦法。

她看了看二房，想去借錢，但這幾天趙氏跟她鬧了彆扭，怕是不會借給她。

她又看向喬月的房間，她肯定有錢，但會不會借給自己就不知道了。這段時間她總是趕著驢車早出晚歸，不知道在做什麼，這會兒也不在家。

再來就是婆母劉氏，她掌握著家裡的所有銀子，他們兩房掙的銀子全都交給她。還有三郎，經常給人寫信賺點銀子補貼家裡，也都是交給她的。

只可惜劉氏要到明天才會回來。

徐氏愁得不得了，看著遠處的山林發起了呆。

突然，她想到什麼，左右看了看，見四下無人，扭頭往劉氏的房裡走去。

約莫一刻鐘，徐氏鬼鬼祟祟地從劉氏房裡走了出來。

「娘，三弟能保證年底會還我銀子嗎？」徐氏回到房間，很認真地問。

周氏很肯定地點頭。「當然能，老三說了，要是妳能幫他湊齊這一百兩，等銀子賺回來了，他能多給妳二十兩。」

徐氏聽了，眼睛一亮。

現在離過年只剩三個月的時間，要是能賺回來這麼多銀子，那自己的小家可就能過個好年了。

她從懷中掏出幾張紙遞給周氏。「娘，這是家裡的田地契子，應該能押點錢。」

周氏拿著契子看了看，有些驚訝地看著徐氏。

她沒想到她方才出去竟是去拿這個了。

不過這是她自己主動拿的，可跟自己沒關係。

周氏面上露出笑容，拉著徐氏的手，慈愛地說道：「還是妳貼心，我昨兒個去找妳大姊，她半天放不出一個屁，只拿了三兩銀子就打發我，她向來沒本事，在家裡連男人的銀子都管不到，還是妳靠得住。」

徐氏聽母親這樣說，心裡那點不安頓時消散，只要在劉氏發現之前把契子還回去，就沒有什麼大問題了，又能白賺二十兩銀子，這可是天大的好事。

「娘，您放心，以後有什麼困難的地方，儘管來找我就是。」

說著，徐氏把母親送出了院子。

「喲，大嫂，看妳這麼高興，大娘這是又給妳送錢來了？」趙氏站在門口看著徐氏，笑咪咪地問。

「弟妹這是眼紅了？」徐氏面露得意之色，說道：「也是，不是誰的娘家有這種好事都會想著女兒的。」

趙氏臉色頓時不好看了，徐氏卻好似沒看見，說完便扭頭回了房間。

過了幾天，雲娘來找徐氏拿錢進貨。

「沒有？銀子去哪兒了？」

雲娘咬著唇站在房間裡，蘇大郎剛洗完澡一進門，便聽見徐氏說沒有銀子，讓她歇幾天不要去出攤，他臉色當即沈下來問道。

徐氏被他的聲音嚇得一激靈，有些心虛，但還是梗著脖子說道：「銀子我收起來了，你們這幾日每天不都掙錢了，還找我要錢做什麼？」

自從蘇大郎跟著女兒出攤後，便沒有再把銀子交給徐氏了，他以為徐氏是生這個氣，面色緩和下來，給女兒投去一個安撫的眼神，對徐氏道：「銀子不夠，這些天餅賣得快，麵粉不夠用了，我和雲娘商量著多買一點材料，現在天氣冷買點肉回來滷一下做點新鮮的花樣。」蘇大郎解釋著。

徐氏沒有接話，只低頭縫補衣裳。

蘇大郎見她這樣，嘆了口氣，又勸說了幾句，見她還是無動於衷，氣得想要發火，卻被女兒攔住了。

「爹，還是過兩天再說吧。」蕓娘說了幾句，無奈地轉身出去了。

見女兒離開，蘇大郎坐到床邊，苦口婆心道：「春菊，妳為什麼就不支持孩子呢？蕓娘每天起早辛辛苦苦的賺錢也是為了補貼家用，她有賺錢的本事，以後到了婆家也能站穩腳跟，咱們臉上也有光啊。

「妳就算不拿銀子支持蕓娘，那妳把之前交給妳的幾百文錢拿出來給她買麵總可以吧？」

蘇大郎實在不知道要怎麼跟妻子溝通了，自從吃了點娘家的福利，三天兩頭把將來靠兄弟的話掛在嘴邊，惹得蕓娘背地裡掉了不少眼淚。

徐氏被蘇大郎說得心煩又心虛，最後蘇大郎真的動怒要把銀子找出來，她沒辦法，只好把周氏來借錢的事情說了，只是隱去了田地契子的部分沒說。

蘇大郎一聽，氣得不知說什麼才好，聽徐氏說年底能拿二十兩銀子分紅，只冷笑著不說話，再也不想搭理她，脫了鞋上床睡覺了。

又過了幾日，蘇大郎和蕓娘在縣裡擺攤，忽然瞧見有官兵往某個方向跑去，間或聽見有人叫喊。

「打死人了！打死人了！」

第三十四章

「走，快去看看，吳家那個獨子被人打死了！」

「哎喲，作孽啊，那孩子今年才十九歲，這讓吳家兩口子怎麼活啊！」

蘇大郎看著身邊擺攤的人都撂下攤子不管，全都跑去看熱鬧，不由也好奇地伸長脖子看。

「爹，咱們回去吧。」蕓娘見街上的人全都跑去看熱鬧，拉了拉蘇大郎的衣裳說道。

蘇大郎伸著脖子什麼也沒看見，遠處的巷子圍滿了人，吵吵嚷嚷的什麼也聽不清楚。

聽見蕓娘說要回去，蘇大郎看了看攤子上的材料，說道：「時間還早，還有這麼多沒賣掉，多浪費啊。」

「可是……」蕓娘想說大家都去看熱鬧了，等等官差把人帶回衙門，肯定有很多人要跟著去看。

兩人正說著，就見人群被幾個衙差隔出了一條路，幾個嚴肅的衙差押著幾個人往前走。

蘇大郎站在街口往前看，隱約感覺其中有個人的身形有些眼熟。

衙差中間有兩人抬著擔架，上面躺著一個身穿藍色長衫的人，後面一對中年夫妻互相攙扶著，邊走邊哭。
見衙差帶人往衙門去，不少人都跟著去看熱鬧了，而街邊的店主、攤販們不能拋下生意，便都往回走了。
「這位小哥，前面出了什麼事，怎麼出人命了？」蘇大郎詢問身邊一個賣烤紅薯的年輕人。
年輕人說道：「聽說是吳老三家的兒子欠了不少債還不起，剛才與人發生爭執，被人打死了。」
「哦，原來是這樣。」蘇大郎點點頭，並沒有太在意。欠債還錢天經地義，出人命也不是什麼稀奇的事。
見蘇大郎一臉平靜，那年輕人卻湊過來，神神秘秘地說：「可不是尋常借錢，吳秀才是借了斡脫錢，驢打滾似的，這才還不起。」
「斡脫錢？」蘇大郎瞪大眼睛。「怎麼有人敢做這個？要是被抓到是要進大牢的！」
看他表情驟變，年輕人點點頭，小聲說：「是啊，縣太爺對放斡脫錢的人向來都是嚴加懲處，沒想到還有人敢冒這個風險。」
斡脫錢是民間借貸，利息非常高，一百兩借一年利息就要七十兩，若是還不起，次年要再加三十五兩，這樣利滾利下來，能叫還不起的人家破人亡。

借貸不只是民間才有，一直以來朝廷就有官方借貸，每年到了糧食青黃不接的時候，若是有需要借貸的人家就可以去縣太爺處申請，不過兩成的利息。

而斡脫錢因為利息太高，一直被朝廷不容，據說多年前出過一次很大的事，朝廷的某個大員利用手裡的資源做起了斡脫錢，沒想到手下人日漸猖獗，後因債務造成幾家人全被殺害的慘案。

後來皇帝下旨，禁止放斡脫錢，經過多年的打擊，現在放斡脫錢的人全都轉到了地下黑市，想要借錢還要有人介紹才能借得到。

蘇大郎嘆了一聲。「吳秀才也是可憐人。」

吳老三一家原本在縣裡開了一家有名的酒樓，家中也頗有資產。

自從三年前有人在酒樓用飯時中毒身亡，吳家背上人命官司，散盡家財，這才免於一死。可這樣的打擊一下子擊垮了意氣風發的吳老三，他整整一年重病臥床不起，其子吳秀才四處借錢尋醫治父，這才走上了借斡脫錢的路。

只是他有些好奇，這放斡脫錢的人是誰，想著便問了出來。

年輕人一邊往爐子裡放紅薯，一邊說道：「哦，具體是誰不知道，今天被抓的人裡面好像有個叫徐天華的，就是他把人打死了。」

年輕人說得隨意，可話落在蘇大郎的耳裡卻如晴天霹靂。

「你、你說叫徐天華？」他吞了吞口水，說話都有些結巴了。

「嗯，好像是叫這個名字，我聽見有人喊的。」年輕人想了一下，點頭肯定地說。

「噹」的一聲，蘇大郎手中的鐵鏟砸在石頭上，彈進了旁邊的泥地裡。

「爹！」蕓娘也驚訝地瞪大了眼睛。

蘇大郎丟下一句「我去看看」，便急匆匆往衙門跑去。

到了衙門，門口早已被圍得水洩不通。

近年來洪安縣一直風平浪靜，鮮少出人命案子，因此無聊的街坊百姓全都湧過來看熱鬧了。

蘇大郎擠了好幾次都沒能擠進去，只能在人群外乾著急。

「這位兄弟，今天打死人的是不是叫徐天華？」蘇大郎拉住一個從裡面擠出來要回家的男人詢問。

被攔住的男人捂著肚子，臉色難看，好不容易擠出來卻被蘇大郎拽住了，他肚子痛得渾身快沒了力氣，他面色發白，緊緊夾著腿，顫抖著聲音道：「是、是叫徐天華，住柳樹村的。」

那人說完，見蘇大郎一臉被雷劈中的表情，顧不得追問，急急地往遠處的茅廁奔去了。

蕓娘剛給一個大嬸做了一個餅，就見到蘇大郎喘著氣，一路奔跑過來。

「快！蕓娘，咱們趕快回去，要出事了！」

蘇大郎以最快的速度把東西全都搬到驢車上，朝還沒反應過來的蕓娘喊了一聲。

「哦！來了！」

蕓娘有些懵，應了一聲坐上驢車，還沒抓穩，蘇大郎便揚起鞭子抽了元寶一下，元寶打了個響鼻，驟然奔跑起來。

此時，徐氏正坐在房間裡忙碌，眼看快要到年底了，新衣裳、新鞋子都要準備做起來了。

忽然，只聽院門外一聲響亮的毛驢嘶叫，蘇大郎跳下車衝了進來。

房門被重重推開撞在牆壁上，徐氏被嚇得一個哆嗦，沒好氣道：「大白天的發什麼瘋，被鬼攆了這是？」

蘇大郎沒空跟她閒扯，面色難看地問：「妳借錢給徐天華是做什麼用的？他到底在做什麼生意？」

徐氏被他突如其來的詰問弄得有些莫名其妙，他不是不關心這個的嗎？怎麼現在跟發了瘋似的？

「就跟人合夥做生意啊，你問這個做什麼？」

看著奇怪的蘇大郎，徐氏竟還笑出來，說道：「怎麼，你想通了，想要投錢？」

蘇大郎快被她氣死了，這都什麼時候了她還笑得出來，看不出來他已經快要被嚇死了嗎？

蘇大郎氣得胸口劇烈起伏，厲聲道：「今天在縣裡發生了一樁命案，徐天華打死了一個姓吳的秀才，已經被衙差抓走了！」

「叮」的一聲，徐氏手中正準備穿線的長針掉在地上，她不可思議地看著蘇大郎，拔高了聲音。「你胡說什麼！」

蘇大郎盯著她，認真道：「徐天華放斡脫錢給吳秀才，今天因債務問題打死了吳秀才，現已經在大堂上了！」

「這、這怎麼可能？」

徐氏完全愣住了，看著自家男人不像說謊的樣子，一顆心頓時慌亂起來。「斡脫錢！怎麼會這樣？」

她完全沒想到，娘說的生意竟然是放斡脫錢。

「大郎，你們在吵什麼？出什麼事了？」

聽見動靜的劉氏、喬月和趙氏走了出來，見蘇大郎站在門口面色鐵青，而徐氏則是一副受了很大驚嚇的模樣，劉氏心中很是不安，拉住蘇大郎問了起來。

「娘，春菊娘家弟弟放斡脫錢還打死了人，現在已經被抓起來了。」蘇大郎簡單地把事情說了一遍。

劉氏還沒意識到問題的嚴重性，「哦」了一聲，淡淡說道：「那你這麼激動做什麼？跟我們家又沒有關係。」

聞言，徐氏渾身一顫，面色頓變。

蘇大郎盯著徐氏，回答劉氏的話。「春菊她……借錢給徐天華放斡脫錢了。」

「你說什麼?!」劉氏一聽，嚇得扶著門框的手一顫，很是震驚。

「老大家的，這是怎麼回事？你趕緊把話說清楚！」

放斡脫錢可不是小事，一經發現就會被嚴懲，打板子、蹲大牢都是輕的，嚴重可是要被斬首的。

徐氏借錢給弟弟放斡脫錢，變成了同夥，要是查出來是要被連坐的，現在還出了人命，徐天華蹲大牢是肯定的了，對方又是秀才，這是要罪加一等的，這下子蘇家要被徐氏連累了。

看著婆婆快要吃人的眼神，徐氏嚇得嘴唇哆嗦。

「我、我不知道啊，我娘來借錢只說是家裡做生意要周轉，我真不知道是三弟拿去放斡脫錢啊！」

她真的被嚇到了，放斡脫錢還出了人命，這可是天都要塌下來的大事啊！

「妳不知道？妳不知道就敢借錢，妳知不知道現在我們家要被妳害死了！」劉氏怒吼一聲，癱坐在地上。「老天爺啊！這可怎麼辦啊！」

「娘！」

喬月和趙氏蹲下身攙扶著劉氏站起來，劉氏拉著喬月的手，哭道：「月兒，咱們家有禍了！」

「都是妳害的！妳這個害人精、掃把星！」劉氏眉毛倒豎，撲上前要去打徐氏。

「娘！我真的不知道啊！嗚嗚嗚……」徐氏冷不防挨了兩個巴掌，劇痛讓她回過神來，她哭著抬手擋在面前，說道：「說不定是同名同姓，大郎搞錯了，我這就回家問我娘！」

說著，她點頭道：「對，娘，肯定是搞錯了，三弟怎麼會打死人呢？」她不相信，肯定是搞錯了。

「呸！」劉氏朝地上啐了一口，罵道：「害人精，大郎說的怎麼會有錯？難怪妳能收這麼多銀子，原來是利息，掉進錢眼裡的東西，全家都要被妳害死了！」

劉氏狠狠掐了徐氏一把，痛得她尖叫起來。

「娘，您冷靜一點，先讓大嫂回去看看，確認一下。」喬月拉住劉氏道。

「是啊，娘，還是讓大嫂回去看看吧。」趙氏附和道。

這時劉氏也冷靜下來，指著蘇大郎道：「大郎，你陪她趕緊回家看看，千萬要看好你婆娘，別讓她跑了。」

借錢的是徐氏，若是她跑了，真出了事，倒楣的必定是他們。

第三十五章

此時，徐家人也已經得到消息。

徐老頭帶著小兒子趕往縣衙。

徐氏心中慌亂，路上不小心摔了一跤，臉上沾了很多泥。到徐家的時候只見三人站在門口朝遠處張望，親娘周氏和三弟媳孫氏正在抹眼淚，旁邊的四弟媳衛氏不時地勸慰著。

見此情景，徐氏本來還帶有希望的心瞬間跌到谷底，她一把甩開蘇大郎攙扶的手跑了過去。

「娘！」徐氏叫了一聲。

三人扭頭看過去，周氏面上有些不自然，哭得聲音有些嘻啞。「妳怎麼來了？」

孫氏被她頭上和臉上的泥驚了一下。「二姊，妳這是怎麼了？」

徐氏看都沒看她，上前一把抓住周氏。

「娘，三弟放斡脫錢還打死人了，是不是真的？」

她瞪大通紅的雙眼，面色慘白，語氣有些顫抖，帶著一絲絲期盼她的否定。

周氏被她抓得胳膊生疼，用力掙了幾下沒有掙開，看著她面色平靜地回答。「是。」

「為什麼！」徐氏突然大喊一聲，表情變得有些猙獰。「娘！您為什麼要害我？放斡脫錢是犯法的！您為什麼要拉我下水？」

「妳放開！」

周氏用力掰開徐氏的手指，冷冷開口。

「什麼害妳？什麼拉妳下水？姊姊幫弟弟是理所應當的，找妳借錢怎麼了？」

事情已經發生，說再多已經無法挽回，周氏被女兒指著鼻子質問，不由惱怒起來。

徐氏氣得胸口劇烈起伏，她不可置信地瞪著周氏。

「娘！您想害死我嗎？我借錢給三弟要是被查出來，是要連坐問責的！」

她的眼淚流了下來，哭得直喘氣。原來她娘從始至終就沒把自己放在心上，為了掙黑心錢，竟把自己拉下水。

孫氏用力推開徐氏，紅腫著眼睛罵道：「妳竟敢質問娘，誰家有妳這麼做女兒的！」

徐氏一個趔趄差點摔倒，蘇大郎趕緊扶住她，卻被她推開。

徐氏指著孫氏和四弟媳衛氏說道：「對，還有妳們，妳們都是一夥的，放斡脫錢賺黑心錢，還找我借錢把我拉下水，畜生啊！」

孫氏被她罵得鼻子都要氣歪了，氣呼呼道：「徐春菊，妳發什麼瘋，趕緊給我滾！」

出事的是她丈夫，現在什麼情況還不知道，這個二姑姊就跑來攪事，看著就煩。

「娘，您說話呀！您為什麼要害我，這麼多年，我對你們還不夠好嗎？貼補你們的還少嗎？一百兩銀子啊，為了湊錢給您，我偷了家裡的地契，您把銀子和地契還給我！」

徐氏哭喊著、質問著，她知道自己成婚這麼多年沒有孝敬他們多少東西，心中有愧，所以把自己小家攢的私房錢都貼補給了娘家。

本以為現在日子好過了，自己終於能在娘家抬起頭了，沒想到卻被最信任的親娘給坑了，還是個可能要坐牢的坑。

周氏對她絲毫沒有愧疚之心，反而因為她的質問，臉色變得更加難看。

她指著徐氏說道：「不就一百兩銀子，妳弟弟出了這麼大的事，妳竟然只在意那點銀子，還口口聲聲說我害妳，妳不過是借了點錢，還沒查到妳頭上就來哭喪，妳關心妳弟弟的死活了嗎？」

周氏覺得這個女兒簡直冷血，這都什麼時候，自己親弟弟出了這麼大的事，她竟然只顧著自己，只想著那一百兩銀子。

徐天華放斡脫錢已經有好幾年了，但因為膽小加上銀子不多，一直以來只和人做點小的，掙的銀子雖不多，但比一般人家已經好過很多。

因是在地下活動，這五年來一直沒出過什麼問題，沒想到今日一出事，就背了人命，女兒好歹也跟著賺了利錢，現在竟然只想著自己！

徐氏被母親尖利刻薄的罵了一頓，心更冷了，還沒等她說話，跟著她來的蘇大郎一把抓住她的肩膀，眼神似要吃人，聲音從牙縫裡擠出來，好似冰凌一般砸在徐氏的臉上。

「妳偷了家裡的田地契子?!」

「我、我……」

徐氏被丈夫鐵青的表情嚇得渾身一顫，喉嚨都有些抽筋了，想要解釋，卻不知道怎麼解釋。

蘇大郎看她的樣子，氣得握拳，他看向周氏等人。「把地契還給我！」

周氏三人也被他這模樣嚇到了，周氏支吾了一下，聲音小了下來。「已經拿去抵押了。」

蘇大郎瞪著徐氏。

眼前的人還是那個跟他生活了十幾年的女人嗎？自己不是不知道這麼多年她偷偷貼補娘家，只是睜一隻眼閉一隻眼罷了，看在兩個孩子的分上不跟她爭吵，沒想到她竟然越發過分了。

這段時間家裡的日子是好過了不少，小妹掙錢幫家裡蓋房子，三弟學業優秀，接連被夫子誇讚，正在卯足勁為明年的科考努力。

虎子也有了工作，而他們的蕓娘做的煎餅生意也不錯，前天還買了兩支漂亮的珠花送給徐氏。

日子一天天變好，可是徐氏卻變了，從前只在心裡發發牢騷，現在已經擺到了檯面上，在家說話夾槍帶棒，屢次讓大家不快。

即便是這樣，蘇大郎也沒有跟她爭吵，他知道妻子對沒有生兒子這件事，心裡一直不舒服，總覺得別人都看不起她，在婆家、娘家都抬不起頭。

他一直在照顧妻子的感受，對兩個女兒也從未有過意見，這段時間她跟娘家頻繁來往，還扯上了金錢，他也曾多次提醒甚至吵了架也是無用。

本以為她只是拿私房錢借給娘家，若是沒了全當買了教訓，可是沒想到，徐氏竟然膽大包天地把家裡的田地契子拿給周氏做了抵押。

「徐春菊！」蘇大郎猛喝一聲，忍了半天沒忍住，一個巴掌搧了過去。

啪！

巴掌聲伴隨一聲慘叫，徐氏的臉頰以肉眼可見的速度瞬間紅腫起來。

她被搧倒在地，捂著臉頰，眼淚如雨般滾落，見蘇大郎又舉起了手，她趕緊抱住他的雙腿，哭道：「大郎，大郎，你聽我解釋，我不是故意的啊，是我豬油蒙了心……」

這邊的爭吵很快引來了村裡的人，村民還不知道是怎麼回事，紛紛議論著圍過來看熱鬧。

不知真相的村民以為只是小倆口吵架，見徐氏頭髮散亂、臉頰腫的跟包子一樣，不免同情起來，紛紛開口勸蘇大郎不要太過分。

另一邊的周氏三人卻是被嚇到了，縮在一邊不敢開口，他們還是頭一次見老實的蘇大郎這麼可怖的模樣，連上前勸說都不敢了。

蘇大郎舉起的手放了下來，用力閉了閉眼，一把扯起徐氏道：「跟我回家。」

說完，不再理會其他人，拽著徐氏怒氣沖沖地快步往回走。

等在家裡心焦的劉氏等人見蘇大郎黑著臉帶回了徐氏，心中都是一沈，知道這件事是真的。

蕓娘和二丫被關在房間不許出來，兩人擠在窗邊見母親哭哭啼啼、父親怒容滿面，不由都擔心起來。

「姊姊，娘哭了。」二丫年紀還小，她扯著蕓娘的衣服想要出去。

蕓娘把妹妹抱離窗邊，走到門前敲門喊叫，卻沒有人搭理她們，蕓娘咬著唇又走回窗邊，雙手扒著窗戶的窗框，臉緊緊貼在上面，想要看到更多。

她知道今天發生的事情很嚴重，但是她也很擔心徐氏，畢竟徐氏是她親娘，雖然平日對她們並沒有多好，但也盡到了一個做母親的責任。

「這可怎麼辦啊？」

劉氏拉著喬月的手，聲音透著擔憂。

若是徐天華供出徐氏也參與其中，那徐氏肯定要坐牢的，她現在就擔心會不會影響到讀書的蘇彥之。

喬月見蘇大郎的表情不對，戳了一下劉氏努努嘴，示意她看表情奇怪的兩人。

按理說這件事蘇大郎已經確定了，怎麼回來後表情變得這麼奇怪？

蘇大郎推了徐氏一把，讓她跪在地上，拚命壓抑著憤怒。「徐春菊，還不快說！」

劉氏察覺事情不對，問道：「怎麼回事？」

徐氏渾身抖如篩糠，嘴唇哆嗦著說不出話。

她不敢說。

若這件事被劉氏知道了，這個家就沒有她的立足之地了。

蘇大郎見她不說話，深吸一口氣，看向劉氏等人。「娘，前些天您回老家後，周氏來找徐氏借一百兩銀子，她手中銀子不夠，就、就拿了……」

蘇大郎說得艱難，喉嚨彷彿被堵住一般。

劉氏聽得著急，皺著眉問：「拿了什麼？你倒是快說啊！」

「……她把家裡的田地契子拿給周氏了。」蘇大郎高聲把這句話說完，整個人如同被戳破的氣球，肩膀都垮了下去，愧疚又難過地用手捂著臉。「兒子對不起您！」

「你說什麼！」

劉氏聽完，整個人都愣住了，好半天才反應過來，立刻衝進房間一陣翻箱倒櫃，又衝了出來，揪住跪在地上的徐氏，拳頭如同冰雹砸在她身上。

「賤人！妳竟敢偷家裡的田地契子，妳這個吃裡扒外的東西！」

「哎喲！哎喲！娘，嗚嗚，我知道錯了，都是我的錯！」徐氏抱著腦袋嗚咽哭泣，任由劉氏捶打自己。

劉氏氣得要死，打了她一陣後突然癱倒在地，大哭起來。

「老頭子，我對不起你呀，家裡的田地全都沒啦！哎喲，我怎麼這麼命苦啊，兒媳婦竟然偷家裡東西給娘家啊！」

喬月跪坐在地上攙扶著劉氏。「娘，您振作一點，別氣壞了身子。」

徐氏這一手著實把他們驚住了，對農民來說田地是最重要的產業，城裡人吃飯花錢靠工作，他們農民可就靠著一點田地，農民沒了地等於斷了口糧。

「大嫂，妳……」趙氏呆呆地站在原地，不可置信地看著徐氏。

突然，她像是瘋了一般一把揪住徐氏的頭髮，啪啪幾個耳光甩了過去。

「妳知不知道，為了村口的那幾畝地，二郎花了多少心血才弄到手的，他可是差點讓人打死啊！妳有什麼資格把他掙來的地送出去！妳憑什麼？」

徐氏哎喲哎喲地叫著，卻沒有還手之力，她已經被打懵了，臉頰腫脹，腦袋眩暈。

趙氏眼睛通紅，表情猙獰。「家裡地沒了，以後我們吃什麼、喝什麼？妳賠！妳賠我們的地！」

放斡脫錢本就是犯法的，一旦被查到，銀子要全部沒收，就算田地契子還在徐天華身上，只要被搜出來全都要充公，再無可能贖回來。

想到這麼多年的辛苦一下子毀於一旦，趙氏活撕了徐氏的心都有了。

「對、對不起，嗚嗚，都是我的錯，我錯了。」徐氏虛脫地倒在地上，全身各處都痛得厲害，她口中的道歉，誰都沒有聽進去。

劉氏突然站起來指著蘇大郎說：「蘇彥春，馬上把這個女人休了趕回去，我們蘇家沒有這種吃裡扒外、坑害家人的兒媳婦！」

「不！」

徐氏嚇得趕緊爬了起來，忍著劇痛爬到蘇大郎身邊，伸手拽住他的衣服。

「大郎！大郎我知道錯了，地契我會想辦法拿回來的，你不要休了我！」

蘇大郎面無表情地看著她，他的心已經被這個女人傷透了。

見他沒反應，徐氏轉過身抱住劉氏的雙腳。「娘，您別不要我，我知道錯了，您看在二丫和蕓娘的分上不要趕我走……」

這一刻，徐氏已經後悔的腸子都青了，她到底是發了什麼瘋要借錢給娘家？他們看不起自己就看不起，反正這麼多年都過來了，她為什麼要爭這一口氣啊！

徐天華出事，那田地契子肯定是拿不回來了，徐氏也是農民，知道田地的重要性，此刻萬分後悔，自己放著安穩輕鬆的日子不過，為什麼要跟那些根本不在乎自己死活的人攪在一起！

「妳把我們家害成這樣，還希望我原諒妳，作夢！」劉氏面色鐵青，一腳蹬開徐氏。

「嗚嗚嗚，二丫、蕓娘！快來幫幫娘啊！娘知道錯了！」徐氏趴在地上，哭得撕心裂肺。

就在他們僵持不下的時候，門外突然傳來一陣馬蹄聲。

幾人連忙走了出去，只見三個穿著衙差服飾、腰間佩刀的男人氣勢洶洶地走了進來。

「這裡是蘇秀才家嗎？」為首的一個彪形大漢面無表情地問。

「是。」蘇大郎點點頭，心中已知他們的來意。

彪形大漢道：「徐天華私放斡脫錢，還傷人性命，現已逮捕歸案，他供出同夥徐春菊，縣太爺命令我等將她速速帶回衙門！」

蘇大郎白著臉，指了指縮在牆角的女人，道：「官爺，這就是內人徐春菊。」

三人眼神如電似掃射過去，徐氏尖叫道：「不關我的事，我不知道他借錢做什麼，不要抓我！」

只是她的辯解三人並不聽，說了一句「奉令辦差」，便如老鷹捉小雞一般，把徐氏拎上馬背，隨著馬兒的嘶鳴，幾人快馬加鞭地離去了。

見此情景，蘇大郎摔倒在地，呆呆地看著塵土飛揚的院門口。

幾日後，判決下來，喬月與蘇彥之站在告示牌前駐足沈默。

徐天華違法放斡脫錢，傷人性命，數罪並罰，判秋後問斬。

江天、尤二蛋等人為幫凶，判流放三百里。

徐春菊雖借錢參與其中，但卻是被矇騙，情節較輕，判五年監牢。

消息出來後，蘇大郎一下子就病倒了，劉氏也因為田地的事，氣得病倒在床。

第三十六章

「姊，娘呢？我已經好久沒看見娘了。」

正在穿衣服的蕓娘見妹妹二丫縮在被窩裡，眼神落寞地看著自己，動作頓了頓，低聲說：「不是跟妳說過了嗎，娘有事出門了。」

二丫猛地坐起來，聲音帶著哭腔。「妳騙我，娘不是出門了，她坐牢去了！」

蕓娘臉色難看。「妳聽誰說的？」

二丫年紀還小，對於徐氏的所作所為根本不能理解，她只知道自己已經很多天沒有看到娘了。

二丫癟著嘴。「沒，今天奶和二嬸在房間說話，我聽見的。」

她爬到蕓娘身邊，抓著她的衣服。「姊姊，娘以後都不回來了嗎？」

蕓娘的表情很複雜，聚攏在二丫眼中的淚水一下子就掉了下來，抽噎著道：「我想娘。」

蕓娘眼圈也紅了。

她也想娘，雖然徐氏對她們說不上多好，還經常罵自己是賠錢貨，但這麼多年，她們姊妹倆沒挨過凍也沒挨過餓。

她知道徐氏有很多做的不好的地方，但是和村上其他女孩子相比，她們已經算還不錯的了，現在徐氏進了大牢，父親和奶奶都生病，家中每日的氣氛都很凝重。

她一點都不敢提起徐氏，家裡的田地契子被官府繳了，作為贓款是無法再贖回來了，奶奶因為這事已經哭了好幾天，二嬸現在看她們的眼神都很可怕，因為他們現在沒事可做，只能待在家裡賺不到錢了。

她摸了摸妹妹的頭髮，幫她擦了擦眼淚，柔聲安慰道：「娘會回來的，有機會姊帶妳去看娘。」

「真的嗎？」

蕓娘很肯定地點頭。「真的。」

她看了看外面的天色，穿好衣裳下床，讓二丫躺在床上，叮囑道：「姊姊出去擺攤了，妳在家休息，等天亮了就起來自己穿衣洗臉好嗎？」

二丫很乖地點點頭，她知道怎麼照顧自己，只是現在身邊沒有娘親，她覺得有些害怕。

她伸手抓著蕓娘的衣角。「姊姊，妳早點回來。」

蕓娘點點頭，給她掖好被子。「要是有什麼事就去找小姑，別怕，小姑很好的。」

「嗯，我知道了。」二丫點點頭。

咕嘟咕嘟！

藥罐裡的藥汁燒開了，熱氣從蓋子上面的小孔裡冒出來。

喬月把爐子裡的炭火挾一點出來，改用中火熬煮。

趙氏走了進來，道：「小妹，妳去歇歇，這裡我來看著。」

喬月抬頭微微一笑。「不用了二嫂，妳整天洗衣做飯也累了，坐下休息吧。」

趙氏點頭，坐在桌子旁的板凳上，猶豫著開口。「大嫂她也不知道怎麼樣了？我聽說牢裡很苦，嚴寒酷暑都要去採石開荒。」

現下已是初冬，每天早上起來都能看到草地上的霜，薄薄一層卻帶著冬日的冷冽，這種天氣每天起床都很艱難，更不用說早起去幹活了。

而且監獄不像家裡，可以穿得厚實，每個犯人穿的衣裳都是統一的，冬日最基本的棉衣，凍不死罷了。

蘇家雖然生活清苦，但徐氏也沒受過那樣的罪，也不知道她能不能受得了？

喬月稀奇地看著她，昨天她還聽見趙氏在嘀咕著罵徐氏，怎麼今天突然關心起她來了？

見喬月看自己的眼神很奇怪，趙氏有些尷尬地摸了摸臉。「她以前還是挺不錯的，我生虎子做的月子還是她照顧的。」

以前她們倆的關係雖然說不上有多親密，但畢竟是一家人，生活在一起，小摩擦什麼的也不會太計較。

這次徐氏會做出這樣的事，她也很震驚，但仔細一想也能理解。

徐氏和她不一樣，心中把娘家人看得很重，偏偏她母親又是個重男輕女的人，徐氏為了得到家人的注意，這才一次次給娘家貼補，直到這次引禍上身。

家裡的田地都沒了，她的確很生氣，這幾天她和蘇二郎因為沒活幹，掙不到錢，著急得吃不下、睡不好。

但是……

唉！

家裡已經有兩個人病倒了，徐氏也為自己的行為付出了代價，她所期望的不過是徐氏能平安，畢竟她還有兩個孩子。

「二嫂，別太憂心了，下個月咱們可以去看看大嫂。」喬月說著話，把另外一個爐子熬好的藥倒進碗中。

趙氏「嗯」了一聲，站起身道：「我去送給娘喝，妳先做飯送去給三弟吧。」

「好。」喬月點點頭起身去做飯了。

駕著驢車把飯送給蘇彥之後，喬月去了趟集市看蕓娘。

正值中午，蕓娘的煎餅攤前圍了很多人，喬月把驢車拴到蕓娘租用的牛車旁，走了過去。

「小姑，妳給三叔送飯？」蕓娘見喬月過來，抬頭問了一聲，又立刻低頭煎餅。

喬月走過去給她打下手。「已經送完了剛過來，給妳帶了一份蒸餃，味道很不錯。」

「謝謝小姑。」蕓娘開心道。

喬月收著錢，見蕓娘攤麵糊、翻煎餅、包餡料，一套動作行雲流水地完成後，俐落地用菜葉包著煎餅遞給等待的客人。

蕓娘越來越熟練了，喬月感嘆著，不過月餘的時間，蕓娘已經從那個害羞緊張的姑娘變成主動喊客的熱情攤主了。

幾日後。

「多謝老闆。」

喬月看著店老闆把青崗岩石磨搬到驢車上，道了謝，付了錢，又去了一趟集市買東西，這才駕著驢車回去。

傍晚，蘇家人都圍坐在桌前吃晚飯。

「咳咳！」

劉氏放下碗咳嗽幾聲，眾人都停下動作看了過去。

劉氏掃了眾人一眼，說道：「現在咱們家中的情況你們也知道，田地沒了，家中斷了收入來源，大郎、二郎，你們準備怎麼辦？」

這話一出，蘇大郎未躬的背僵硬了一下，臉色不由自主變得難看起來。

劉氏裝作沒看到，她知道大兒子的心裡不好受，這件事說到底是他媳婦造成的，她一個人連累了全家。

但是，既然問題已經出現，就必須要想辦法解決。

蘇二郎看了眼大哥，沒有開口。

劉氏敲了敲桌子。「二郎，你有什麼想法？」

蘇二郎夫婦對視一眼，他搖了搖頭。「娘，我和小芳什麼手藝都沒有，只會種地，現在家裡沒地種了，我們也不知道該怎麼辦。」

農民沒地種，這在秋山村還是破天荒頭一遭，蘇家沒了田地的事情已經在秋山村傳開了。

現在他們夫妻可以說是蘇家最難受的人了，老大家裡的蕓娘有煎餅攤，餬口沒問題。老三讀書，小妹喬月也有辦法賺錢。

只有他們夫婦什麼也不會，兒子去學竹編，倒不用他們操心，只是他們現在還年輕，難道什麼都不做，坐在家裡吃喝養老？

夫妻兩人對視一眼，都從對方臉上看到了憂愁。

劉氏還未說話，蘇大郎低沈著聲音開口道：「不如二弟也學煎餅，一起做。」

「爹！」

蕓娘驟然出聲，不可置信地看著蘇大郎。

這可是喬月教她的，縣裡賺錢的地方也就那麼幾處，難道要讓自己人搶自家人生意嗎？

蘇大郎自是知道女兒的意思，只是他並沒有理，連累家裡的是他妻子，他也應當承擔責任，若是二房說要他們的煎餅攤子，他也會答應。

「這……」蘇二郎夫婦倆都驚訝地看著蘇大郎，沒想到他會說出這樣的話。

劉氏看著幾人的神色，暗暗嘆了口氣，看向喬月。「月兒，妳有其他賺錢的辦法嗎？」

她知道喬月夢見老神仙的事，知道一些賺錢的點子，因而才這麼問。

喬月知道劉氏的意思，也知道兩個哥哥現在的困難，見眾人的目光都落在自己身上，點點頭道：「娘，我倒是有一個賺錢的方子。」

「什麼？」全家人異口同聲問。

喬月「呃」了一下，說道：「是做豆腐，只是我還沒試過，不知道做出來好不好吃？」

「豆腐？那是什麼？」劉氏好奇地問。

是啊，豆腐是什麼，他們也沒聽過。

見眾人疑惑，喬月正要解釋，蘇彥之遲疑著開口道：「豆腐……是不是白白的一塊，用黃豆做的，炒或煮都可以？」

喬月驚訝地挑了挑眉。「三哥知道？」

蘇彥之點點頭。「我們書院倒是吃過一、兩次。」

那是他們書院最有錢的同窗買的，說是從鄰縣特意買過來讓他們嚐味道的。分量不多，被切成了半指寬，蘇彥之吃過兩塊，是放大蔥炒熟的，口感很嫩很滑，味道也不錯。

喬月點點頭。「不錯，正如三哥說的那樣，豆腐就是黃豆做的。」

眾人很驚奇，黃豆還能做成白色的東西吃？

他們在秋山村生活這麼多年，從沒聽說過什麼豆腐，而對於黃豆，他們一向都是直接趁青的時候炒著吃，或是等豆子老了放點鹽和大醬燜著吃。

喬月看他們驚訝，知道這豆腐確實很稀有。

在喬月沒到這裡之前，蘇家除了蘇彥之去縣裡讀書，其他人幾乎沒人去過縣裡，一來是時間長，二來是沒什麼要去縣裡的事，平日買東西的話都會去半個時辰路程的鄰村，那裡有幾家店鋪，日常用品都能買到。

「豆腐也分好幾種，有水豆腐、豆腐乾、油豆腐、毛豆腐。做豆腐的時候，打出來的豆漿可以喝，點了滷水的豆腐花可以吃，豆漿煮好後還可以撈豆皮。」

喬月說的很詳細，眾人聽完都露出驚訝的表情。

「沒想到黃豆能做這麼多東西啊！」

趙氏興奮地睜大眼睛看著劉氏。「娘，要是咱們做豆腐，那不是能賺很多錢嗎？」

黃豆能做這麼多東西，簡直神了！

劉氏也變得激動起來，光是聽喬月說起，她就感覺這生意肯定要大賺了。

「月、月兒，妳說的是真的？真能做這麼多東西出來？」

喬月很肯定地點頭。

劉氏等人又把目光轉向了蘇彥之。「三郎，你吃過豆腐，味道怎麼樣？你知道價格嗎？」

蘇彥之看著喬月，搖頭苦笑。「娘，我只在書院吃過一、兩次，小妹說的那些油豆腐、毛豆腐什麼的，我聽都沒聽過。」

眾人聽了更覺好奇了。

蘇二郎道：「家裡還有很多豆子，小妹能否先做出來看看？」

「對對對，月兒，妳先做出來看看。」幾人都是猛點頭。

喬月看著他們下一秒就想看到成品的模樣，失笑道：「天都黑了，要做也要到明天。」

「哦，對對，明天！明天做，今天吃完飯好好休息。」

眾人又是一陣狂點頭。

第二天，在喬月的指揮下，蘇二郎幫忙安裝好了石磨。

經過一夜的浸泡，黃豆已經吸飽了水，變得很大顆，趙氏幫忙用盆子清洗，挑除其中壞掉的黃豆。

「一邊轉這個石磨，一邊把黃豆放進這個洞裡……」

喬月一邊示範一邊解說。

蘇二郎常年幹活，練了一身肌肉，力氣很大，一個人就把石磨搖得呼啦直響。

一個時辰後，十斤豆子就磨完了，緊接著就是用紗布開始篩豆漿、煮豆漿。

劉氏看著鍋中雪白的豆漿，嗅著空氣裡淡淡的豆香，喃喃著很神奇之類的話。

「娘，您喝一點看看。」

喬月見豆漿燒開了，趕緊把豆漿打到桶裡，又往鍋中加了一鍋生豆漿繼續煮。

劉氏接過來小心嚐了一口。

「嗯，好喝！」

今年的新黃豆打出來的豆漿味道香醇又絲滑，見劉氏肯定，喬月笑了起來，趕忙去喊家裡其他人來喝豆漿。

到了點滷水的時候，喬月讓其他人全都出去，關好門，等了一會兒，估摸著豆漿的溫度，將滷水倒了下去。

做豆腐最重要的一環就是點滷水。

溫度和滷水的量是最重要的，只有這兩樣搭配好才能做出口感嫩滑的豆腐。

「奶，豆花真好吃。」

眾人圍坐大缸前吃豆花，二丫手中的豆花加了糖，她愛吃極了。

劉氏笑著道：「喜歡吃，以後可以常吃了。」

「是啊，這豆花味道真不錯，做早餐肯定很好。」趙氏吃著碗中的豆花，笑得眼睛都瞇了起來。

等了一會兒，終於到了最後一步。

喬月把缸裡的豆花打碎，倒進準備好的紗布模具裡，把紗布整理好蓋上木蓋，上面用幾塊洗乾淨的大石頭壓上，黃漿水頓時嘩啦啦流了下來。

半個時辰後，在眾人期待的眼神中，白白嫩嫩的豆腐做好了。

第三十七章

「這就是豆腐嗎？沒想到黃豆還能做成這個！」

趙氏俯下身盯著放在篩子裡的豆腐，滿眼都是驚訝。

家裡的人全都圍過來看著白白嫩嫩的豆腐，喬月笑著道：「二嫂，這黃豆能做的吃食可多了。」

幾人都是直點頭，對喬月說的話深信不疑。

劉氏道：「月兒，馬上就要吃午飯了，中午妳就做一點豆腐給我們嚐嚐鮮。」

喬月點頭應是。

中午的時候，喬月把豆腐做了煎炒烹炸四種。

香煎豆腐、大蔥炒豆腐、豆腐瘦肉湯和炸豆腐。

「娘，今天咱們就吃豆腐宴了。」眾人坐在桌上，喬月笑盈盈地說道。

「好啊好啊！這豆腐宴，娘還從未吃過。」劉氏拿著筷子率先嚐了一口炒豆腐。「嗯！好吃，口感嫩滑，味道鮮香！」

她眉開眼笑地誇讚，招呼眾人。「都嚐嚐！」

眾人動起筷子嚐了起來，頓時被豆腐的味道吸引了，雖然豆腐是一道素菜，但這味道確實很不錯，而且還能有這麼多做法。

喬月看大家吃得高興，說道：「豆腐的吃法有很多，以後我慢慢做給你們吃。」

「好，小妹，妳真是太厲害了！」趙氏朝她比了個大拇指。

接下來就是商議擺攤的問題，商量了一番後決定了價格，十斤黃豆出了四十斤豆腐，一塊豆腐一斤重，訂了三文錢一塊。

「豆漿一文錢一碗，其他的以後再說。」劉氏坐在上首，拍板定案。

眾人毫無異議，趙氏說道：「娘，那誰去賣豆腐呢？」

劉氏看了一圈。「月兒肯定要去，她腦袋靈活，你們夫妻倆都去幫忙，咱們明天先做兩批貨拿去縣裡賣，先試試水溫。」

「嗯，娘說得對。」喬月點點頭，有些遲疑地問：「那大哥那裡……」

蘇二郎夫婦對視一眼。

是啊，這是喬月拿出來讓家裡一起做的生意，若是不叫上大哥，怕是不好吧？

劉氏也是這樣想的，雖說徐氏把家裡害得失去了田地，但總歸兒子和他們還是一家人，他們也不能把對徐氏的怨氣發在他的身上。

眾人一時之間都沈默下來，最後還是劉氏開了口。「等妳大哥回來，我跟他說說。」

晚上。

蘇大郎正在房中疊衣裳，劉氏走了進來，將做豆腐生意的事情跟他說了。

「大郎，你有什麼意見可以說出來，咱們都是一家人，可以商量。」劉氏見兒子沈默不語，語氣溫和。

過了片刻，蘇大郎平靜地說：「娘，我沒有意見，這豆腐生意是小妹的點子，她做主就行。」

這話說得淡然，沒有一絲不樂意，跳動的燭火下，劉氏仔細打量了下低頭的大兒子，問道：「大郎，你……」

蘇大郎嘆了口氣，看向劉氏的表情帶著愧疚。

「娘，我說的是真心話，我現在和蕓娘一起打理煎餅攤子生意，餬口沒有問題，家裡失了田地，是我對不住你們，這些時日我心裡一直很愧疚，幸好小妹有辦法讓家裡能維持生活，我已經很高興了，怎麼會想要分家裡的生意呢？」

見大兒子說得誠懇，劉氏也放下了心，見兒子這些時日憔悴消瘦不少，劉氏到底心疼，勸慰道：「事情已經過去了，你也別太記在心裡了，蕓娘和二丫以後還要指望你。」

蘇大郎點點頭。「娘，我知道，現在我只想好好和蕓娘把生意做起來，攢點錢日後讓她們有個好歸宿。」

劉氏見兒子說得真誠，便也放下心來。

蘇家豆腐坊在縣裡很快就出了名。

豆腐在洪安縣是頭一份，味道好，價格便宜，做好了也是桌上一道很不錯的素菜。

「老闆，來一碗甜豆花！」清早上工的劉師傅坐下喊了一聲。

「來了！」

蘇二郎應了一聲，揭開鐵桶的蓋子，撲面而來的熱氣熏得他瞇起了眼睛，拿著大鐵勺俐落地盛了一碗豆腐花，又在上面撒了一勺白糖端了過去。

劉師傅拿起剛買的包子咬了一口，再喝上一勺甜絲絲的豆花，嫩滑的豆花入口就滑入喉嚨，整個人都感覺暖和起來。

「趙娘子，給我拿三塊豆腐！」街邊的王老闆端著一個盤子走了過來。

趙氏繫著圍裙站在案邊，笑著應了一聲，接過盤子裝了三塊豆腐。

趙氏收了錢還沒放進箱子，周圍就圍滿了人。

「來一塊豆腐！」

「我要兩塊。」

「我要兩塊豆腐、兩碗豆漿，多加點糖！」

喬月接過一只罐子給人打好了豆漿，收下兩文錢。這邊趙氏忙了一陣，豆腐已經賣了一半。

「沒想到生意這麼好！」閒扯的工夫，趙氏打了一碗豆腐花吃了起來，看向一旁添柴給豆腐花保溫的蘇二郎，說道：「二郎，你那賣了多少？」

蘇二郎聲音裡帶著高興。「已經賣了半桶，看樣子不到中午就要賣完了。」

「還是小妹有本事，想出這個方子。」趙氏喜孜孜地看著坐在一旁啃包子的喬月。

豆腐坊沒有擺在最熱鬧的集市街頭，而是擺在快到街尾的地方。

原本蘇家人認為擺在街頭，人多生意肯定更好，但喬月覺得他們的豆腐坊不是走小攤販路線，想要在縣裡扎根，就應該找一處小鋪子開起來。

集市鋪子的租金不便宜，小小一間連後廚都沒有，一個月就要三兩銀子。

幸好集市比較長，後段因為客流量比較小，租金稍微便宜一點。喬月和蘇二郎找的鋪子原先是做針線生意的，因舉家搬遷這鋪子便轉讓了。

蘇家豆腐坊開了不到半個月，便在洪安縣傳遍了。

冬夜，申時剛過天就已經黑了，喬月和蘇二郎夫妻趕著驢車往回走。

今天天氣不好，下了半天的雨，泥地濕滑難行，出來買東西的人也不多，直到天擦黑，擺出來的東西才賣完。

劉氏早早就在門口等著了。

往日喬月他們卯時便會回來，今日天都黑了還不見蹤影，劉氏心中焦急不已。

「娘，您別太著急了。」

蘇大郎走出去和劉氏並肩站在門口，今日下雨他和蕓娘就沒有去出攤。

「天都黑了，著實讓人心焦。」劉氏焦急地往前又走了幾步，踮著腳往村中路上看。

兩人正說著話，遠處一個小紅點漸漸走近，車輪輾壓石子路的聲音在安靜的夜中顯得清晰。

喬月他們回來了，驢車上支起的竹竿上掛著一只燈籠，一晃一晃的。

元寶進了院子，很自覺地停在門口，劉氏上前幫忙卸東西。

「怎麼這麼晚？」劉氏問。

喬月喊了聲「娘」，抬手把驢車上的桶子拿下來。

「今日下雨，街上的人不多。」蘇二郎說道。

劉氏皺眉道：「剩一點賣不完也沒關係，這天都黑了，夜路不安全，萬一遇上歹人就麻煩了。」

這車上可是有兩個女人家呢，若是出了什麼事或是受到什麼驚嚇，可怎麼辦？

蘇二郎知道母親是擔心他們，點點頭認真道：「知道了，娘，以後不會了。」

劉氏這才緩了臉色，拉著喬月道：「月兒，快進屋，娘給你們熬了薑湯，快喝了祛祛寒。」

剛剛入冬，溫度卻降得很快，明明前幾天還豔陽高照，昨日天陰後驟然冷了下來，今日下了半天雨還颳著風，濕冷的寒氣直往骨子裡鑽。

「謝謝娘。」喬月笑著應了聲，跟著劉氏進了廚房。

三人喝了薑湯，劉氏和蕓娘把鍋中溫著的飯菜端上了桌。

「娘，我今日和二哥商議明日想讓您去豆腐坊幫忙一天，我在家中做點豆腐乾和油豆腐等東西出來。」喬月道。

劉氏聽了，爽快的點頭應了，問道：「那明日要做多少豆腐出來，我好起早幫你們磨豆子。」

他們現在還是人工磨豆，喬月本來提議再買一頭小毛驢回來拉磨，可被劉氏拒絕了。這段時間家中花了不少銀子，光是買黃豆、做工具、租鋪子加上裝修就花了不少銀子。

再來就是蘇彥之，因冬日寒冷，加上天黑得早，劉氏心疼兒子早起晚回受凍，便和家裡人商議，拿了幾兩銀子讓他住到了書院裡。

還有大半年蘇彥之就要去考試了，這是最要緊的時間，待在書院更好，每天多了兩個時辰的讀書時間。

銀子流水般花出去，劉氏心疼得晚上都睡不好。

喬月在縣裡賣的胰子和肥皂已經有人在做了，那些擅長製香的師傅稍加研究便了解了製作方法，現在滿大街都是賣胰子的，甚至還有人製作出更加省料子的胰子，大大降低了製作成本和售賣價格。

喬月早想到了這一茬，創造不容易，這製造卻容易很多，雖說這是古代，但人類的智慧是不容小覷的，若是秘密過於簡單，被人破解只是早晚的事。

現如今只有喬月製造的精油皂還是一家貨源，只是冷皂製作時間週期有點長，因此喬月現在手中的銀子並沒有太多。

孫老闆那邊的竹編生意也要到年底才會結帳，這竹編生意做到京城，孫老闆著實花費了不少心血，這月銀給的也不多，喬月全都拿來用在豆腐坊上面了。

翌日，喬月正把鍋中的油豆腐盛起來瀝油，便聽見外面有人呼喚。

「蘇家嫂子，蘇家嫂子！」

來人是一個四十多歲、穿著寶藍色高領裙，身材微胖的中年婦人，她甩著帕子，笑咪咪地走進院子。

喬月聽見聲音走出來，有些驚訝道：「尤三姨，您怎麼來了？快進屋喝茶。」

這尤三姨是鄰村有名的媒婆，周邊三個村子就沒有她不清楚的事，外號「萬事通」。

尤三姨見喬月走出來，胖胖的臉上滿是笑容。「這不是蘇家四丫頭嗎？妳小時候我還抱過妳哩！」

尤三姨說笑進了屋，喬月拎起灶上的銅壺沏了杯茶端給尤三姨。「三姨今日怎麼得空上門？」

「妳娘呢，怎麼不在家？」尤三姨笑得一派和氣，吹了吹茶喝了一口，說道：「這不是有喜事，想找妳娘商量一下。」

喬月心中疑惑，卻沒有多問，只是回答道：「娘去縣裡豆腐坊幫忙了，看天色……應該快要回來了。」

聞言，尤三姨笑道：「那我就不等了，家中還有點事，明兒一早我再來，妳再跟妳娘說一聲在家等我。」

喬月點點頭，尤三姨便放下茶盞，走出蘇家。

第三十八章

「許元中的女兒？」

堂屋內，劉氏聽見尤三姨說的話，眉頭微微皺了起來。想了一下，這周圍認識的人家並沒有叫這個名字的。

劉氏疑惑地看向尤三姨。

尤三姨笑著道：「瞧我，竟還沒介紹。老姊姊，這許元中住在縣裡，家裡是做酒樓生意的，生意好，家底殷實。」

聽見是做生意的，劉氏並沒有表現出激動高興的神色，現如今他們家也是做生意的，還做了好幾門，這銀子賺的也不少，這讓劉氏的眼界大大提高了。

「我們家與許家從無來往，怎麼會突然……」

劉氏心中疑惑，這許元中他們絕對是不認識的，怎麼突然上門要結親呢？他們家是開酒樓的，家底肯定厚實，怎麼會看上他們這窮人家呢？

尤三姨自是知道她的疑惑，她是許夫人親自找的，知道其中緣由，當下便說給了劉氏聽。

「許家那位姑娘年方十五，容貌端莊，性格溫順，前段時間偶然遇到妳家小孫子，兩人認識後一來二去，這姑娘竟非妳家孫子不嫁，許夫人也是無法，這才托我上門與老姊姊說說。」

尤三姨是洪安縣有名的媒婆，只要她出手，這親事便有八成的可能。劉氏也知道她，在聽她將許家介紹一番後，有些疑惑地問：「我家條件並不好，虎子這孩子向來憨厚，許小姐如何會看上他？」

尤三姨道：「老姊姊，妳怎麼不知自家人啊，妳那孫子在孫老闆那裡學竹編已經是小有所成了，短短時間這工錢已經拿的跟老師傅一樣多了。是個不可多得的好苗子。」

聽見她誇自己孫子，劉氏還是很高興。

尤三姨又道：「不瞞老姊姊，許夫人確實不同意這樁婚事，在找我上門之前，許夫人已經找人打聽過妳家了，知道蘇小郎品行好，又有上進心，這才同意。

「老姊姊，許家在縣裡的生意很是紅火，家底豐厚，這樁親事可謂是天上掉餡餅啊，於你們家有利無害，妳還猶豫什麼？」

她說得天花亂墜，把許家說的那是百里挑一，許家小姐能看上虎子那是天賜的緣分，若是這樁親事能成，將來虎子的好處大著呢。

劉氏聽了也有些心動，但並未一口答應，說道：「這件事我還需要和虎子的爹娘商議一下。」

尤三姨點點頭。「過兩日我再過來。」

當天下午蘇二郎夫婦和喬月回來後，劉氏便將這件事說了。

「老二家的，你們怎麼看？」劉氏問。

趙氏滿臉喜色。「娘，這門親事好啊，這許家酒樓我也聽說過，就在三郎的書院附近，生意確實不錯。」

年底生意忙，虎子已經有兩個月沒有回來了，因而趙氏並不知道兒子跟許瑩瑩之間的事，現在聽劉氏一說，這心中立刻激動起來。

許家的條件擺在那裡，上門求親的人定然不少，只是沒想到這唯一的女兒竟然看上了虎子。

能與許家結親，那是作夢也不敢想的親事啊。

喬月聽了皺皺眉，這突然冒出來的許家她也不是很清楚，只隱約記得許家的兩個兒子不是什麼好貨色，作為書中的炮灰不過是三言兩語帶過，現在聽到要和許家結親，喬月直覺這不是什麼好親事。

「二嫂，這許家咱們也不熟悉，不若暫緩些時日，咱們打聽一下再決定如何？」喬月說道。

聞言，趙氏微微一愣，不明白地看著喬月。

媒人不是已經將許家的情況說得很清楚了嗎？兩個兒子都已經成婚，只一個女兒待字閨中，家中開酒樓多年，在縣裡也有些口碑，姑娘的秉性也好，還要打聽什麼？

喬月見眾人都看著自己，便微笑說道：「婚姻是一輩子的大事，主要咱們對許家不是知根知底，這許姑娘咱們也沒見過，蜜罐子裡養大的小姐，不知道能不能適應咱們家的生活？」

喬月這話也有另一層意思，眾人也都聽明白了，趙氏思考了一下也想到了。

這許家富貴，他們家的女兒自是從小嬌養，而蘇家好幾代的泥腿子，直到現在才慢慢走上做生意這條路，但家底和許家是無法相比的，這許家姑娘能不能適應確實很難說。

趙氏一直想給兒子娶一個家裡條件好的媳婦，尤其兒子現在有了手藝，這條件變好了，選擇就更多了。

但在經過大嫂徐氏的事情後，趙氏覺得這媳婦還是要頭腦清楚、向著夫家，這日子才能過得好。

他們對許姑娘絲毫不了解，若是光看表面就結親，誰知道以後會不會出問題？

趙氏點點頭，平靜道：「小妹說的不錯，還是相看一二再做決定。」

一家人達成共識後，次日與上門的尤三姨說明一番，蘇二郎去了一趟縣裡將虎子接了回來，細細問了情況。

「我和她只見過幾次面。」

虎子有些不好意思，憨厚的臉有些發紅，他將事情說了一遍，他與許瑩瑩是在逛街的時候偶遇的。

虎子在孫老闆那裡學手藝，半年過去了，手藝大有長進，孫老闆便讓虎子將自己編的物品拿到集市上售賣，這也是喬月授意的，想要鍛鍊虎子的溝通能力。

許瑩瑩就是看中了虎子編織的一個小玩具，想要買下卻發現沒帶夠銀子，猶豫間卻被人搶先一步買走，小姑娘登時紅了眼眶，虎子急忙安慰，答應給她單獨編織一個，許瑩瑩這才高興起來。

有了這個開頭，兩個年輕人搭上話，許瑩瑩很喜歡虎子的手藝，這一來二去兩人便熟識了。

見兒子這樣，趙氏自然知道他是對許瑩瑩動了心，當下神色一變，謹慎問道：「虎子，你和許姑娘有沒有……」

「沒有！絕對沒有，娘，我和許姑娘只在集市聊過天。」虎子的臉紅到了脖子，連連擺手肯定地說。

「那就好。」趙氏點點頭。

又過了兩日，尤三姨上門說許夫人要在縣裡的酒樓宴請他們。

這頓飯非常重要，蘇家人都很重視，各自換上過年才穿的衣裳，一起往酒樓趕去。

他們到的時候，許夫人已經在酒樓候坐了。

領路的店小二引著他們走到一間包廂前，推開門後蘇家人走進去，便見到端坐在桌前的許夫人和旁邊兩個小丫鬟。

「來了，諸位請坐。」許夫人並未起身，抬手微笑示意眾人坐下。

頭一次接觸貴夫人，蘇家人都有些束手束腳，面前的夫人穿戴華麗，年逾四十卻保養的很好，妝容精緻猶如三旬婦人，端坐在桌前儀態大方，一看就是養尊處優多年。

劉氏幾人互看一眼，全都坐了下來。

跟著前來的尤三姨熱著場面，一一對許夫人介紹蘇家眾人。

「蘇大娘，尤三姨已經跟您說過了，不知您和蘇夫人意下如何？」許夫人說話慢條斯理，表情很是溫和。

趙氏從未和這樣的貴夫人說過話，她緊張的臉有些發紅，雙手緊緊絞著手中的帕子，看著婆母。

劉氏到底是見過風浪的人，面對穿金戴銀的許夫人絲毫不怯場，落落大方地道：「許小姐金枝玉葉，我孫兒怕是配不上。」

許夫人微微一笑。「大娘說的哪裡話，咱們同為百姓哪有什麼配不配一說，蘇小郎為人誠實穩重，最是難得。」

趙氏聽見這話面露喜色，說道：「許夫人，是我兒高攀了。」

許夫人又是笑著答話，言談間對鄉下來的蘇家人絲毫沒有嫌棄，直言自己沒看上蘇家，但女兒喜歡，她這個做母親的也只能依她了。

經過一番商談，蘇家人對這位許夫人的印象極好，溫和大方會說話，言語間全是為女兒操心的一片慈母心，這讓蘇家人的心徹底放回了肚子裡。

在來之前，他們覺得有錢人家的貴夫人肯定不好說話，對他們這樣的泥腿子也定是看不上的，他們已經商量好，若是許夫人言語嫌棄，眾人立刻掉頭就走，這門婚事即刻作罷。但是沒想到許夫人竟如此慈和，一直強調的都是只要女兒過得好她就滿意的話語，讓想拒絕的蘇家人根本無法拒絕。

銀月樓本就是許家的產業，聊過後許夫人請他們吃了一頓豐盛的午飯，臨走時還拎了幾盒糕點讓他們帶回去。

「娘，沒想到這許夫人為人這麼和善。」

趙氏手中拎著糕點走在劉氏身旁，說話的語氣有些飄忽，表情興奮到有些發矇。

她沒想到自己兒子能攀上這樣一門好親事，回頭看看許家的酒樓，三層的酒樓人來人往，這一天得多少進項啊！

劉氏也很滿意，若說見面前還有些擔心許家人不好相與，那現在這種想法已經完全沒有了，孫子若能娶到這樣一位妻子，那是他們蘇家的福氣。

「這件事咱們要抓緊，爭取年前把兩個孩子的事情定下來，省得夜長夢多。」劉氏叮囑道。

「哎！」趙氏狠狠點頭，上揚的嘴角根本放不下來。

喬月回頭看了眼往相反方向去的馬車，有些若有所思。

許夫人的表現確實很完美，沒有看低他們，也沒有擺出有錢人的臭架子，對虎子也是滿口誇讚，一點毛病也挑不出來。

可正因為這樣，喬月才覺得不對勁。

許夫人的表現似乎有些急切，雖然沒有嚴明要盡快籌備兩人的婚事，但話裡話外全是暗示。

這不，走在前面的劉氏和趙氏已經在興致勃勃地討論定禮了。

訂親是大事，況且又是縣裡這樣好的人家，這件事很快就在村上傳開了。

只是這親事固然很重要，但也不是一時半刻就能辦好的。

快到年底了，蘇家的生意也越來越忙。

「唉，累死了！」下午回到家，趙氏哀號一聲，毫無形象地往寬大的椅子裡一躺，抬手捶了捶痠痛的肩膀和脖子。

喬月也累得夠嗆，她年紀小，蘇二郎和趙氏怕累著她，只讓她負責收錢、找錢和收拾桌子，饒是這樣，喬月也跑得腳底痠痛不已。

「娘，咱們請兩個工人幫忙吧？」喬月放下錢箱說道。

劉氏愣了一下。「請人？要花很多錢的。」

她不同意，不過是年底生意忙起來才會這麼累，若是平日哪會這樣。

喬月苦著臉抬起腳，脫下鞋襪給劉氏看。「娘，我腳上都起泡了。」聲音可憐兮兮的。

劉氏一看果真瞧見水泡，心疼道：「娘去拿點藥過來抹一抹。」

這段時間可把喬月累壞了，每天早上要早起和家人準備上百斤的豆腐，為了做豆腐的秘密不被別人知道，喬月一直掌握著點豆腐的核心技巧，到了點豆腐的時候她就關上門自己操作，連劉氏也不讓看。

做好後到了縣裡還要忙，大半天的時間就能讓人累得腰都直不起來。

蘇家豆腐坊在縣裡是獨一份，每天排隊來買的人多得不得了，雖然收入翻了好幾倍，但著實累得不輕。

趙氏表情疲憊，接話道：「娘，小妹說得對，還是請人吧。」

雖然買了小毛驢回來磨豆腐，但每天起早本就辛苦，還要站在那裡油炸，回來還要清洗一大堆東西。

蘇二郎這會兒剛從門外進來，他把驢車上的東西都卸下來搬到水井邊，等等方便她們清洗，就又走到後面準備泡黃豆去了。

見兒媳和女兒累成這樣，劉氏心疼道：「好好好，請人，明天就請。」

喬月高興道：「那就拜託娘了，請兩個人吧，一個幫忙做豆腐，一個去豆腐坊幫忙。」

做豆腐的活著實不輕，篩豆漿就要一把力氣，這幾天產量增大，蘇二郎已經累到胳膊都快抬不起來了。

劉氏年紀大了，生意上能幫忙的地方很少，每天和二丫在家裡洗衣、做飯、照看家門。

三人商量好工錢，劉氏便說她明天在村上找兩個人。

第三十九章

請了工人後，手中的活著實輕鬆不少。

在喬月攤子上幫忙的是住在村尾的五嫂子，四旬年紀，手腳麻利，面上也十分和氣，有了她的幫助，喬月和趙氏手中的活都輕了一半。

繁忙的午時剛過，喬月去斜對面的小攤買了幾碗蛋炒飯，三人圍坐在桌邊吃了起來。

「嬸子，姑姑。」

三人正吃著飯，一個柔和的聲音在身邊響起，抬頭一看，一個穿著蜜色襖裙的姑娘正笑盈盈地站在幾人面前，手中還拎著一包東西。

「啊，這不是許姑娘嗎？快坐快坐，這天颳著冷風，妳怎麼來了？」趙氏一見是未來兒媳，這臉上馬上就笑開了花。

許瑩瑩謝了一聲，坐在一旁的凳子上，另一邊的五嫂子見狀，起身走到一邊，還倒了杯水過去。

許瑩瑩把手中東西放到桌上。「知道嬸子們忙了一上午，肯定正在用飯，我娘讓我買了隻燒雞送過來。」

燒雞就在街頭買的，用厚厚的油紙包起來，一打開還在冒熱氣。

趙氏高興不已。「讓妳娘破費了。」

客氣了幾聲，趙氏拿過一個碟子，挾了幾塊雞肉出來，三個人分了一下，剩下的重新打包，順手放進桌下的籮筐裡，打算帶回去給家人吃。

趙氏對這個未過門的兒媳很是看重，也很滿意，這都已經是臘月了，蘇家趕著日子把兩個孩子的親事給定了下來，許瑩瑩就住在縣裡，經常會來他們豆腐坊前的攤子，偶爾帶點吃的東西過來。

「嬸子和姑姑今天可以早點回家了。」許瑩瑩看著已經空了一般的攤子說道。

趙氏點點頭。「是啊，年底了，街上的人越發多了。」

這段時間雖然很累，但賺到手的銀子還是很可觀的，她看著許瑩瑩，眼珠轉了轉，轉頭對喬月道：「小妹，這大冷天的瑩瑩過來一趟不容易，待會兒妳帶她去街上轉轉吧。」

說著，趙氏從腰間的荷包裡拿出二兩銀子遞給喬月。

要出去玩，喬月自然不會拒絕，點點頭說道：「二嫂放心吧。」

飯還沒吃完，攤前就有人來買東西，五嫂子放下碗去忙，趙氏也三兩口扒完了飯，重新繫上圍裙走了過去。

喬月和許瑩瑩去了另一條街。

「小姑，妳臉色有些不好看，是不是家裡生意太忙了？」許瑩瑩看著喬月，關心道。

喬月點點頭。「這段時間確實很忙，每天要兩頭奔波。」

兩人說著進了一家首飾鋪子，喬月摸了摸自己已經及肩的頭髮，走到櫃檯前挑了兩朵時興的絹花和一對蝶戀花的銀子髮釵。

「瑩瑩，妳也來看看，喜歡什麼儘管拿。」

趙氏給喬月二兩銀子就是讓她帶人來買東西的，現在蘇家的豆腐生意做得紅火，雖然家裡還是一如既往，但對這個即將過門的富貴兒媳，趙氏還是很捨得的。

許瑩瑩看著喬月在櫃檯結帳，一兩銀子隨便就付了出去，心中有些發熱，面上已經帶了笑容。「這怎麼好意思？」

口中雖然說著推託之詞，但眼睛已經黏在那些精美的首飾上了。

喬月笑著說沒關係，許瑩瑩心知方才趙氏肯定拿了銀子給她，假意推託幾句後看中了一支孔雀銜珠的銀釵，價格不便宜要一兩五錢銀子。

許瑩瑩沒有說要買，只是拿在手中看了又看，明眼人都能看出她很喜歡，一旁的夥計見狀，笑著說道：「姑娘好眼光，這支釵子是京城最流行的款式，咱們店裡一上架就賣完了，如今只剩下這一支了。」

許瑩瑩手中拿著釵子，眼睛往喬月身上瞟，她不知道趙氏拿多少銀子給她，頭一次逛街就要這麼貴的東西，不知道對方能不能接受。

只見喬月上前一步道：「妳戴肯定好看，買下就是。」說完，拿著荷包從裡面取了一塊碎銀子遞到夥計手中。

「謝謝小姑。」

許瑩瑩開心地笑了起來，喬月付錢這麼爽快，可見平日做生意賺了多少。她是縣裡出身，身分比蘇家那群泥腿子高了不知多少，蘇家願意為自己花錢也讓她心中舒坦起來。

從首飾鋪出來，兩人閒聊著往街中走。

年底了，街上越發熱鬧，到處掛起大紅燈籠和吉祥物，一派喜慶。

許瑩瑩狀似不經意地問道：「小姑，現在家裡這麼忙，怎麼不叫正寶回去幫忙？」

喬月停在一個攤子前買了一把飴糖，說道：「剛雇了人也還能忙得過來，虎子在學手藝不好叫他。」

許瑩瑩知道蘇家的豆腐有多吃香，整個洪安縣都沒有的吃食，好吃又便宜，關鍵是豆腐的吃法還不少，有不少酒樓都想訂豆腐，奈何蘇家豆腐剛做，產量一時很難提高，蘇家人也有自己的想法，這豆腐每天供應給幾家酒樓的量都很少。

物以稀為貴，他們家的豆腐根本不愁買家，還有那些豆乾、油豆腐、豆腐乳之類的，也是暢銷的不得了，她平時只要往那裡站一站，銅板入箱的聲音就不帶停的。

相比之下，蘇正寶竹編的收入就遠遠比不上做豆腐來得多。

聽喬月這樣說，許瑩瑩也不好再說，和喬月進了一家脂粉鋪子，再出來的時候，手中又拎著幾個小盒子。

走著走著，兩人見前面一家藥鋪前圍了不少人，還在議論著什麼，對視一眼也走了過去。

擠進人群後，這才知道榮安堂來了一位雲遊四方的神醫，且這位神醫以前就是從洪安縣出去的，小時候機緣巧合拜得醫仙為師，後來在江湖上有了一番名氣，現如今已經是六十歲的老人了，卻還不忘家鄉，每年臘月都會回洪安縣為鄉親處理疑難雜症。

喬月覺得這是一個難得的機會，她摸了摸臉上的胎記，這塊胎記雖然不影響她的日常生活，但女孩子都是愛美的，誰也不喜歡臉上有這麼一塊難看的胎記。

她剛來這裡的時候，營養不良，個子矮，皮膚也沒有光澤，一張臉抹了面脂也沒什麼效果，這胎記還不是很明顯。

經過這半年的調養，長高了一點，皮膚也變白皙了，吃得好，睡得好，心情也好，整個人面色紅潤有光澤，這一塊紫黑的胎記在臉上就顯得尤為突出，十分影響心情。

之前喬月已經看遍了縣裡的大夫，得到的結果均是無藥可醫，她這是自娘胎帶出來的，非常難治。

現在出現了這麼一位神醫，她自然要試一試。

「小姑，妳要看大夫嗎？」許瑩瑩也跟著擠了過來，看著長長的隊伍問道。

喬月點了點頭，指著臉上的胎記。「我想看看這個。」

許瑩瑩了然的點頭。

喬月臉上的胎記確實很顯眼，她長得還算好看，皮膚也白，平白被這胎記破壞了美感，想要醫治也很正常，畢竟哪個姑娘不愛美。

「可是排了這麼多人，咱們要等到什麼時候啊？」

慕名而來的人不知有多少，一眼看去起碼排了好幾十人，估計等到天黑也輪不到。

喬月笑了一下，徑直走到中前的位置，尋了一個婦人說了幾句話，又從袖中掏出一個五兩的銀錠子塞進婦人手中，那婦人眉開眼笑地讓出了位置。

後面的人有些不滿，那婦人只說喬月是她親戚，她也是來幫忙排隊的。

有「鈔能力」就是不一樣，喬月安心地站在隊伍裡，還扭頭朝許瑩瑩招了招手。

許瑩瑩無語。「……」

這可是五兩銀子啊！夠普通人家生活半年了，她這麼輕易就給人了，就為了買一個位置？

她知道蘇家有錢，但沒想到喬月這個十二、三歲的姑娘竟然隨身帶著這麼多銀子，當下眼睛掃了一下她身上的小布包，不知道裡面裝了多少銀子。

她心裡覺得蘇家人真是太隨意了，一個小丫頭竟然讓她裝這麼多銀子，雖然家裡有錢，但也不是這樣亂花的吧。

許瑩瑩有些不高興。

喬月的身世，許夫人早已打聽清楚，喬月不過是蘇家收養的一個女兒，花起錢來竟比蘇家嫡孫還大方。

心中雖有不滿，她面上卻依然掛著微笑，走到喬月旁邊跟著她排隊。

約莫半個時辰後，終於輪到喬月。

進去的時候，姚神醫正端著茶盞喝茶，藥堂裡的三、四個夥計腳不沾地地奔走抓藥。

榮安堂是洪安縣最大的藥鋪，也是姚神醫的徒弟開的。

喬月摘下頭上的紗巾，說明情況。

姚神醫湊過去仔細看了看，細細診過脈後，說道：「姑娘放心，這胎記能治。」

「真的嗎？」喬月興奮地雙眼發亮。

姚神醫點點頭，提筆要寫藥方，剛下筆卻又頓住，有些遲疑地看著喬月。

「怎麼了？」喬月問。

姚神醫也不隱瞞，說道：「姑娘，妳父母來了嗎？」

喬月搖搖頭，有些不解為什麼問這個，突然腦中靈光一現，她微笑說道：「神醫，您儘管開方子就是，銀子我有。」

說著，她從袖中取出一張五十兩的銀票。

說實話，現在喬月手上不缺銀子用，前天竹編的分紅拿到手了，一百八十兩，還有最後一批精油皂也賺了快二百兩。

姚神醫愣了一下，不著痕跡地打量了下喬月。

面前小姑娘的穿著打扮看起來不像是大戶人家的孩子，沒想到出手這麼闊綽。

同樣的，站在喬月身後的許瑩瑩眼睛都瞪大了，她清楚看到那是一張五十兩銀票，頓時，她看喬月的眼神都有些不對了。

只一瞬，姚神醫便收回目光，俐落地寫下一張藥方遞給身邊的藥僮。

那藥僮拿著方子飛快地去抓藥，另一個閒下來的藥僮立刻走到姚神醫身旁候著。

「這是使用方法，我寫在這裡，姑娘拿著備用。」姚神醫又遞給喬月一張紙，又仔細跟她說了一遍藥材的使用方法。

「這些藥磨成粉加涼開水調勻後抹在胎記上，用乾淨紗布包半個時辰，一天兩次，期間不能清洗創口……」

姚神醫說得仔細，喬月認真聽著。

「待一個月滿，再換另一種敷面的藥粉，三個月後即可痊癒。」
「多謝神醫。」喬月認真地點頭。
姚神醫再三叮囑道：「痊癒前一定不能沾水。」
「好，多謝神醫。」喬月點點頭，拿著單據去結帳。
「姑娘，一共七十二兩銀子。」
榮安堂的掌櫃親自坐在櫃檯後收錢，在見到喬月衣著普通，心中還有些犯嘀咕，但喬月隨手拿出兩張五十兩的銀票後，臉上的表情立刻不一樣了，笑咪咪地收下銀票，把包好的幾大包藥一併遞給了喬月。
「瑩瑩，我們走吧。」
喬月解決了一樁心事，心情很不錯，招呼了許瑩瑩一聲，腳步輕快地出了榮安堂。
身後的許瑩瑩就沒有她那麼輕鬆了，這才多大功夫就花了七、八十兩銀子，她現在覺得喬月臉上的胎記其實也沒什麼大不了的，不過就是難看了點，又不會傷身體，幹麼浪費這麼多銀子？
在路口跟許瑩瑩分別後，喬月步履輕快地往攤子走去。
「怎麼這麼高興，有什麼好事？」趙氏稀奇地看著喬月蹦蹦跳跳地走了過來，不似往日的穩重，驚訝地問。

喬月笑得臉頰紅紅，提起藥包，說道：「二嫂，今日可托妳的福了，方才我和瑩瑩去街上閒逛，正巧碰到姚神醫來坐堂，我進去看了臉上的胎記，姚神醫說能治好，給我開了藥。」

她說話的語氣有止不住的興奮，趙氏看她神采飛揚的模樣，像是小姑娘得到了心愛的東西，眼睛都高興地散發光芒，她也跟著笑起來，說道：「這可真是太好了！」

第四十章

大雪說來就來，臘月二十的下午，天空突然飄起了鵝毛大雪。

不過一個時辰，紛紛揚揚的雪花便鋪滿了地面，光禿禿的樹枝上也掛上了積雪。

劉氏搓著手、哈著氣，站在院門的屋簷下朝遠處張望，約莫一盞茶的時間見到趙氏和喬月等人趕著驢車過來了。

許瑩瑩穿著藍色繡花襖裙，領口和袖口鑲了一圈精緻的白色毛領，她的臉蛋白生生的，手中捧著一個剛灌滿水的湯婆子，腳上穿著一雙粉色厚底繡鞋，站在屋簷下看著外面。

下雪天降了溫，元寶頭頂落了雪，許是感覺到寒冷，都不用蘇二郎揮鞭子，看到自家門口加快步伐跑進了院子。

「回來了！」

劉氏笑了出來，上前扶著喬月從驢車上跳了下來，見她頭上落了積雪，趕緊用布巾擦了擦。

聽見聲音，蘇彥之和虎子都從屋中走了出來，見他們在卸東西，趕緊走上前幫忙。

「我來。」

喬月正在搬沉重的木桶，蘇彥之走過來順手接過，雙手一用力將木桶搬了下來。

「三哥，你快進屋，一會兒淋濕了要生病的。」喬月說道。

蘇彥之抱著木桶說道：「沒事。」

現在的他已經不是以前那個面色蠟黃、身形單薄的蘇三郎了。

這大半年的時間，喬月變著花樣給他做好吃的，雞湯、鴨湯，每日有葷有素。

就連他去書院，喬月也是每日讓酒樓做好飯菜送過去，為此不知羨煞書院裡多少人。

就連周勤也是語氣酸溜溜地說要是有這樣一個妹妹就好了，加上她還去藥鋪買了補藥，隔幾天便熬給他喝，身體經過這麼長時間的調養滋補，以前因營養不良引起的小毛病已經全都沒有了。

眾人把各種器具都搬進了豆腐房，趙氏則是把一大籃需要清洗的鍋碗勺子拎到了屋簷下。

「二嫂，我幫妳。」喬月見趙氏從井邊打水，轉身進廚房拿了清灰和洗碗布蹲在大盆邊。

「不用，妳去休息。」趙氏放下水桶，一把奪過喬月手中的東西。「今天已經很累了，妳快去洗個熱水澡放鬆一下。」

「不用了，二嫂，我幫妳。」

幾十上百的碗勺堆了一大盆，喬月想幫忙洗，劉氏從廚房出來，說道：「月兒，這裡娘來弄，妳去歇著，洗澡水我給妳打好了。」

說著，她扭頭四下看了一下，對驢棚的虎子喊道：「虎子，過來幫你姑拎水去澡房！」

「哎，來了！」虎子應了一聲，把乾草抱給元寶後跑進了廚房。

蘇家人忙忙碌碌，許瑩瑩後退著站在門裡看著這一切。

蘇家人對喬月這個養女是真的好啊。她的眼神落在拎著兩桶水的虎子身上，從蘇二郎夫婦回來，這一大家人的注意力就全在喬月身上。

她是前天被蘇家人接過來的，說是年前接她過來玩幾天，這是大永朝的習俗，男女訂婚後女方會被接到男方家小住幾日，相處一下，算是熟悉環境。

自從來到蘇家，許瑩瑩便一直注意蘇家人的一舉一動。

蘇家人對她還算客氣，一日三餐也做得講究，和她家平日吃的沒有什麼兩樣，每日都有點心、水果，對於鄉下人家來說這已經是很難得的了。

許瑩瑩本以為自己來蘇家肯定會過上眾星捧月的日子，她和鄉下人不一樣，是縣裡酒樓東家的千金，吃穿用度無一不好，蘇家能娶到她這樣的姑娘已經是祖上積德了。

可是沒想到，蘇家除了蘇二郎和蘇正寶對她很熱情，其他人對她只是客氣有餘，熱情不足。

而對喬月那個養女，蘇家人卻是過分的好，吃飯的時候桌上起碼有一半是喬月愛吃的菜，劉氏還經常晚上給她開小灶做好吃的，說是喬月每天辛苦要多補一補。

許瑩瑩覺得劉氏就是偏心，家裡三個兒子都沒有這般待遇，蘇三郎還是讀書的秀才，都沒見劉氏這樣關心，簡直是老糊塗。女兒再好以後都一樣要嫁人，投入那麼多都是浪費。

「正寶，我的湯婆子不熱了。」虎子剛走到門口，許瑩瑩就開口道。

劉氏說道：「虎子，桌上的小爐裡有開水，你順便給月兒也灌一個湯婆子。」

「知道了，奶。」

虎子接過許瑩瑩手中的小銅壺往廚房走去，劉氏卻突然站起身說道：「算了算了，還是別灌湯婆子了，我給你姑屋裡燒一盆炭火，她最怕冷了，今兒個下雪太冷了。」

說著就走進了雜物間，從裡面拎出一袋木炭。

許瑩瑩看著這一幕，臉色有些不大好。

她在蘇家待了好幾天，都沒有用上炭盆，原以為是炭太貴，捨不得買，沒想到家中早就買了，只是要留給喬月用。

虎子瞟了許瑩瑩一眼，察覺到她臉色不好，看了看劉氏，張了張口，還是吞下喉嚨裡的話。

這炭是蘇彥之買的，前段時間天氣冷，喬月晚上睡覺被凍到感染了風寒，蘇彥之知道後拿出多年積攢的私房錢買了兩袋木炭，說是給喬月用。

很快，炭盆被燃起，劉氏端著炭盆走進喬月的房間。

虎子把湯婆子遞給許瑩瑩，見她看著劉氏的方向，笑著說道：「瑩瑩，我剛剛裝了一個火桶，我幫妳拎到房間裡。」

許瑩瑩收回目光，看著虎子腳邊的火桶，淡淡地嗯了一聲，轉身抬腳往房間走去。

許瑩瑩住的房間是蕓娘姊妹倆的，蕓娘和二丫到父母房間睡，蘇大郎就和弟弟蘇三郎擠在一起。

虎子把火桶拎到她房間後便走了出來，雖說他們倆已經訂親，但終究還沒成親，獨處還是不合適的。

虎子站在窗外，許瑩瑩捧著湯婆子坐在窗邊，看也不看那個一撥就起灰的火桶。

虎子看著面前女孩瑩白柔美的臉龐，眼神有些發直。他到現在還覺得像在作夢，他一個平凡的鄉下人，竟然被許瑩瑩這樣的小姐看中了。

不只他覺得不真實，就連秋山村的人都覺得不真實，虎子這個憨小子竟然吃到了天鵝肉，許瑩瑩這樣漂亮的媳婦在秋山村再也找不到第二個了。

「正寶，你們家裡人對你小姑真好。」許瑩瑩道。

虎子啊了一聲回過神，下意識看了眼喬月的房間，點點頭道：「對啊。」

小姑性格溫柔又會掙錢，對家人又好，他們當然要對小姑好了。

看他老實的模樣，許瑩瑩擰了擰眉頭，試探著問：「你不覺得你爹娘對她比對你要好嗎？今天的雞湯你都沒吃到。」

這話說的危險，有點挑撥離間的嫌疑，偏偏虎子憨厚，沒有聽出來，隨口答道：「小姑和娘每天去賣東西著實辛苦，雞湯給小姑補身體最好了。」

他說的理所當然，趙氏做飯的時候把昨天剩下的一大碗雞肉和雞湯熱了一下給喬月吃，說給她補補身體。

許瑩瑩的表情有些一言難盡，這個蘇正寶怎麼這樣憨，好東西就應該給家裡的男孩吃，他爹娘把雞湯給一個養女吃都不給他，他竟沒覺得不對！

許瑩瑩家中有兩個哥哥，自然知道男孩子在家裡的地位，她雖然從小衣食不愁，但卻都是撿兩個哥哥剩下的，有什麼好東西也都是緊著哥哥們。

她以為所有人家都是這樣的，畢竟兒子要給家裡傳宗接代，要給父母養老送終，女兒終歸是別人家的人。

這個想法在來到蘇家後全都變了，蘇家人像是一個異類，尤其在鄉下這個重男輕女更嚴重的地方，他們家對喬月這個養女卻不是一般的好。

家裡三個男人和蘇正寶這個嫡孫，都沒有她這麼好的待遇。

觀喬月平日花錢也是大手大腳，想買什麼就買什麼，荷包裡似乎永遠都不缺錢，比她還富有。

許瑩瑩咬了咬唇，收起眼中冒出的嫉妒，微笑著問：「正寶，家裡豆腐生意這麼忙，你怎麼不在家裡幫忙？」

虎子道：「家裡忙得過來，我專心學手藝就好了。」末了，他又補充一句。「小姑說的。」

小姑、小姑……幾句話離不開喬月！

許瑩瑩捏緊手指。「你們家豆腐的味道這麼好，是放了什麼特殊的佐料嗎？我吃過其他地方的豆腐，味道遠不如你家的。」

虎子搖搖頭。「我也不知道，豆腐是我爹娘和小姑他們做的。」

當真什麼都不知道！許瑩瑩心中有些悶，想到臨行前母親交代的話，暗暗呼了口氣，又說：「正寶，這豆腐這麼紅火，聽你家裡人說開春打算去縣裡開一間豆腐坊，這生意以後要越來越忙了。」

她這話已經說的很明白了，奈何虎子根本沒那心思，他現在一門心思只想把喬月交給他的微型樓宇竹編學會，對做豆腐實在沒興趣。

「請人就是了。」他認真道。

許瑩瑩嘴角扯出一抹笑，鍥而不捨道：「做豆腐應該很難吧，這小小的黃豆竟能做成白嫩的豆腐，感覺真神奇，你姑姑也會做嗎？」

虎子點點頭。

見他肯定，許瑩瑩覺得有些心塞。

在蘇家這幾天，她隱約感覺這豆腐坊和喬月有密不可分的關係，似乎蘇二郎夫婦都要聽她的。

她以為這是劉氏的意思，想讓養女學一門手藝，日後到婆家能站穩腳跟，蘇二郎夫婦因為親娘這才格外對待喬月。

只是她還是覺得不可思議，這樣一個賺錢的手藝竟然讓一個女兒學走。

「那你也會做吧，我好好奇呀，想知道是怎麼做的。」許瑩瑩站起身伸出白嫩的手指拉了拉虎子的衣袖，臉上露出一副嬌憨好奇的表情。

被她這樣看著，虎子一顆心咚咚地狂跳起來，一股熱氣直衝頭頂，想說話的喉嚨都有些發乾。

「我、我不會，爹娘沒教我。」虎子紅著臉說道。

第四十一章

氣死！

許瑩瑩費了這麼多口舌，卻一點消息都沒探出來，當下臉色就變得很難看。她不知道蘇正寶是真不知道還是不說，畢竟這秘方不對外人說也很正常。

虎子見許瑩瑩的表情變得僵硬難看，愣愣地問：「瑩瑩，妳怎麼了？怎麼這副表情？」

許瑩瑩磨了磨牙，壓下心中不滿，勉強笑道：「我就是隨便問問，你不想說就算了。」

這話從何說起？

蘇正寶納悶道：「我真的不知道，娘他們做出豆腐的時候我還在縣裡呢，後來我沒問，他們也沒說，反正我又不學做豆腐。」

他說的很正常，讓許瑩瑩瞬間無語，這麼賺錢的營生他竟然不想學，學什麼竹編，這窮鄉僻壤的，就算做得再精美，誰有那麼多閒錢會買呢？

這豆腐就不一樣了，幾文錢一塊，便宜又好吃，況且還能做那麼多花樣，早餐有豆漿豆花，午餐有油豆腐和豆乾，薄利多銷，一天下來這銅板就跟下雨似的往箱子裡進，誰看了都眼熱。

眼看從虎子這裡套不出什麼有用的東西，許瑩瑩也沒了跟他閒聊的興致，面色冷淡下來扭過頭道：「天氣冷，我想去床上躺一會兒。」

「哦哦，那妳好好休息。」

虎子點點頭，眼前的窗戶啪地一下關上了，他納悶地摸了摸腦袋，不知道許瑩瑩怎麼突然生氣了？

與此同時，許家門口。

七、八個凶神惡煞的男人手中拿著棍棒，砰砰砰地敲著許家的大門。

「許元中！你他娘的快開門！」

大門上掛著鎖，但他們知道許元中在家。許家欠錢許久，他們早已摸清許家人的行蹤，就是為了方便上門要錢。

過了許久，屋中一點動靜也沒有，幾人對視一眼，一大漢後退幾步，右腿抬起，猛地發力一腳踹門。

大門被踹開，發出巨大的聲響，門上的銅鎖掉在地上。

幾名大漢闖了進去，院內靜悄悄的，彷彿一個人也沒有。

「大哥，沒人在家！」跟在灰衣大漢身後的男人咬牙道。

許家欠了一千兩銀子，已經拖了好久連三成都沒還，這眼看就到年底了，他們還等著要回銀子給東家，好拿工錢回家呢。

灰衣大漢冷笑一聲，眼睛在院子裡掃了一圈，抬腳往正房走去。

「許元中，你要是再不出來，可別怪咱幾個不給你許東家面子！」灰衣大漢冷冷開口，語氣中滿是威脅。

房間裡很安靜，一點聲音都沒有。

身後幾人面面相覷，不知道頭兒是什麼意思。

灰衣大漢見狀不再言語，徑直繞過屏風往臥榻走去，在床頭站定，抬手轉動床頭旁的落地燭臺。

機關轉動的聲音響起，幾人瞪大眼睛，只見旁邊的多寶架緩緩移動，一間可容納五、六人的密室露了出來。

而此時，躲在裡面的人滿臉驚恐地與他們對視著。

「在這裡！」

有人大叫一聲，上前抓住站在外面的許元中，將人摜在地上。

「啊！」許夫人高氏尖叫起來，她與兩個兒子也被拽了出來。

「躲在這裡？你以為你們能躲得掉嗎？」

灰衣大漢走過來，見四人瑟瑟發抖地縮在一起，往日在外風光富貴的許老闆和許夫人此時嚇得面色發白，惶惶如喪家之犬一般。

「仇兄弟，您開開恩再寬限我們些時日吧，我們肯定會還錢的！」許元中顫抖著嗓音哀求。

仇猛一腳踹了過去，將許元中踹翻在地，上前拎住他的衣襟道：「許元中，別得寸進尺，東家已經寬限你們三個月了，還不快把錢還回來！」

「我我我……我真的沒有啊！」

許元中被踹中肩膀，此時已經疼得麻木，他扭曲著臉哀求。

「求求您再給我們一點時間吧，只要十天，十天就行了！」

仇猛冷如冰刀的視線從他們身上掃過，高氏只對視一瞬，立刻嚇得捂住了臉。

「沒有？沒有就把房契地契拿出來！」

許元中立刻哀求。「仇兄弟，求您饒了我們吧，我們現在只剩這一間宅子了，況且這宅子也不值幾百兩啊，您就寬限我們十日吧！」

許家的酒樓已經抵押了利息和一部分本金，這宅子若是交出去，他們肯定要露宿街頭。

「你開什麼玩笑？八百兩銀子十日就能還清，你當我好糊弄不成？哥兒幾個，給我好好教訓他們一番！」仇猛放開許元中，站起身揮了揮手。

身後幾人對視一眼，上前拽住父子三人，冰雹般的拳頭落了下來。

「哎喲！別打了！」

「別打了啊！」

三人毫無還手之力，抱頭縮在地上，任由他們暴打。

「別打了！求求你們別打了！我們真的有辦法，十日後肯定能還！」高氏見父子三人被打得鼻青臉腫，鼻血都流了出來，哭叫著膝行到了仇猛腳邊。

「停。」仇猛一揮手，幾人這才停手，父子三人呻吟著躺在地上，渾身痛得快要散架。

「說清楚。」仇猛不欲廢話，他們此行只想拿到銀子。

高氏擦了擦眼淚，哽咽說道：「仇兄弟，你知道最近縣裡火紅的蘇家豆腐坊嗎？」

聽她突然說出風馬牛不相及的話，仇猛冷冷道：「怎麼，那是你們的親戚？」

「不是，」高氏搖頭，卻又馬上點頭。「不過很快就是了。」

「妳到底要說什麼？」仇猛不耐煩她支支吾吾，揚手就要揮下去。

「仇兄弟稍等！」高氏尖叫一聲，嚇得面如土色，她深吸幾口氣勉強穩定下來，說道：「蘇家豆腐坊在咱們縣裡可是頭一份，那生意紅火的不得了，據說每天能賺好幾兩銀子，那豆腐方子應該很值錢吧。」

仇猛眼睛微瞇。「你們要拿方子抵債？拿過來我看看。」

蘇家豆腐坊確實很有名，那生意獨一份，可以說是一隻會下金蛋的母雞，他們東家的老娘親就很喜歡吃豆花，若是許家能拿出這個方子，倒是可以商量一二。

高氏結結巴巴道：「沒、沒有，目前方子我們還沒拿到手。」

她見仇猛神色不對，趕緊又開口補充。「不過很快就能拿到了，我女兒瑩瑩已經和蘇家嫡孫訂了親，這幾日瑩瑩就住在蘇家，這幾日就能拿到方子。」

許瑩瑩和蘇正寶並不是偶遇，而是蘇家的精心設計。

許元中在縣裡開酒樓已經很多年了，也攢了一些家底，在縣裡也算是富戶，更有一雙兒子和一個女兒，說起來這日子也算美滿。

只是天不遂人願，許元中的兩個兒子在做生意這方面一點興趣都沒有，高氏溺愛兒子，從小兩個兒子要什麼就給什麼，養成了驕奢的性子，長大後更是變本加厲，雖然都已成家，但風流敗家的性子卻改不過來。

今年年初，兄弟兩人在花樓遇到一個美豔的花娘，竟瞞著家裡將其養在花樓，大把的銀子撒進去，兄弟兩人與那花娘經常胡來，兩人還學了一些床笫之間的手段，都用在花娘身上。

時間一長，那花娘竟有了身孕，在一次三人顛鸞倒鳳之際突然馬上風猝死了。

這下可攤上了事，花樓老闆讓他們賠一千兩，外加每月一百兩的利息。

雖然許家經營酒樓多年，但因兩個兒子不成器，銀子早已被敗得差不多，這樣龐大的債務誰能吃得消？

他們知道自家這是被花樓老闆訛上了，但卻毫無辦法，若是他們不從，花樓老闆就要去報官。

殺人罪按律當斬，最輕也是流放，許家夫婦如何能承受，只能答應還債。

很快的，許家經營多年的酒樓就被抵押給花樓老闆，現在的他們只是在酒樓做免費長工，還要想其他辦法還錢，畢竟這利息實在高到嚇人。

走投無路之下，許家人便將主意打到了進縣做生意的蘇家人身上。

對於短短兩個月便在縣裡風靡起來的豆腐，許元中一看便知這豆腐方子的價值。

鄰縣雖然也有豆腐，但那豆腐是緊實的，味道很一般。蘇家豆腐就不一樣了，口感嫩滑，水分充足，煎炒烹炸，什麼做法都好吃。

許元中也買過，很清楚這道菜的價值。

在經過仔細調查後，他們將目標鎖定在學習竹編的蘇正寶身上。其實若說人選，肯定是蘇彥之最合適，只是他們擔心讀書人太聰明，害怕他會察覺裡面的貓膩，而蘇正寶就不一樣了，憨小子一個，就會埋頭做事。

許家小女兒許瑩瑩從小生得水靈，這兩年也有不少人上門提親，以她的容貌想要拿下蘇正寶是綽綽有餘，所以便設計了兩人相遇的事件，事後兩人也順利訂了親。

許家人對這件事是抱著手到擒來的態度，蘇家不過是秋山村一戶老實巴交的農民，祖上幾代都是泥腿子。許瑩瑩是他們從小嬌慣著長大的，一舉一動都是大家閨秀的風範，許家能娶到這樣的媳婦，怕是作夢都要笑醒。

蘇正寶憨厚，又沒有過女人，只要許瑩瑩使點手段，定能從他口中套出做豆腐的秘方。許家人打的一手好算盤，只要拿到豆腐方子交給花樓老闆，到時候蘇家人就是知道也不敢和這樣的勢力硬碰，而許瑩瑩只要沒和蘇正寶成親，只要將定禮一退，隨時都能回家。

仇猛等人聽她這樣說，若有所思片刻，終於鬆口答應再寬限他們十日。

許家人千恩萬謝地送走了諸人，高氏讓傷得最輕的大兒子趕緊找家中的老僕送信去蘇家給許瑩瑩，讓她盡快拿到東西。

第四十二章

「蘇大娘，這是我家的黃豆，已經泡發好了。」

清早，鄰村趙老四家的大女兒英子，挑著一桶黃豆和一捆柴進了蘇家的院子。

劉氏剛起床燒水做早飯，見英子過來，連忙讓她進屋喝熱水。

「雪後寒冷，今天早上還結冰了，妳怎麼起這樣早，快暖暖手，瞧妳的臉都凍紅了。」劉氏遞過水說道。

「謝謝大娘。」英子笑著接過水。

「爹爹讓我早點來，怕遲了趕不上。」英子捧著碗，熱水溫暖了冰冷的雙手。

他們家的豆子已經準備兩天了，昨天還在下雪，中午趕來的時候就沒趕上，今天早上天沒亮她爹就把她叫了起來，讓她趕緊把豆子送過來。

蘇家豆腐不只在縣裡紅火，這附近幾個村子的人也都知道。

這段時間天氣不好，蘇家人便不打算年前再去縣裡做生意，便留在家中接一點鄉里鄉親的單子，豆子和柴火自備，再出一個人幫忙，他們家只收二十文的加工錢。

因為豆腐新奇美味，這村裡人都想拿來過年，每天來做的人很多，想要輪上只能起早了。

和英子聊了一會兒，劉氏便將她帶到後院看小毛驢開始磨豆腐。

很快，喬月等人一個個都起床了，一走出屋子便被迎面而來的寒風凍得直打哆嗦。

一頓早飯的時間，蘇家院子裡便擠滿了人。

因要準備過年，書院和竹編班子都放了假，蘇大郎和女兒也沒有再去縣裡擺攤，正好家中要做豆腐，人多力量大，一天能掙好幾百文錢。

「嬸子，奶，我也來幫忙吧。」許瑩瑩難得起早，穿了一身布衣，頭髮也用布巾包了起來，走到廚房說道。

劉氏正在煮豆漿，見她這樣，笑著道：「瑩瑩，不用了，妳是客人，哪能讓妳幹這些啊，妳回房間休息吧。」

許瑩瑩挽起衣袖走上前，往鍋中添豆漿，說道：「奶奶，沒什麼的，我在這裡住了好幾天了，就讓我做些事吧。」

前幾天下雪，她藉口雪滑難行便一直留在蘇家，期間許瑩瑩一直想要探究蘇家是如何做豆腐的，卻始終不得其手，蘇家人根本不讓她碰這些。

而做豆腐最關鍵的豆漿變豆花這一步，是由養女喬月完成的，蘇家人在煮好豆漿後，便會把豆漿送到後面的小房間內。

為了防止有人偷看，蘇家最小的孩子二丫就坐在門外守著，除了蘇家人，任何人都不能靠近小房間，否則二丫便會敲動手中的銅鑼。

許瑩瑩嘗試幾次都不能進入小房間，心中一直很焦慮，昨天收到家中老僕的口信，知道家裡快等不了，今日才放下大小姐的架子，主動上前幫忙，希望能乘機混進小房間裡。

見她非要幫忙，劉氏和趙氏對視一眼，趙氏往灶膛中添了把火，說道：「那就辛苦妳了。」

許瑩瑩忙道：「不辛苦、不辛苦。」她看了看空掉的木桶，拎起往正屋後面走去。

院子中間有人照看小毛驢拉磨，轉角牆邊的小房間門開著，蘇大郎和蘇二郎正在篩豆漿，虎子從裡面拎著一桶豆漿走了出來，見到拎著桶子的許瑩瑩愣了一下，招呼了一聲，趕緊往前面去了。

許瑩瑩沒有進豆漿房，她拎著桶看了看掛著簾子的那處。

簾子上掛著大大的牌子「外人勿近」，後面的小房間就是喬月所在的房間，豆腐的秘密就在那裡。

她拎著桶子，一邊觀察一邊往那邊靠，小心地探頭看了一下，只見緊閉的房門口正坐著在嗑瓜子的二丫。她年紀雖小卻很謹慎，一雙眼睛靈活地四下打量，察覺到許瑩瑩的視線，二丫臉色猛然一肅，目光審視地盯著許瑩瑩。

被她這樣盯著，許瑩瑩心跳驟然加快，面上閃過心虛，眼睛卻一直瞄著那緊閉的房門。見她仍然盯著，二丫拿起銅鑼就要敲，許瑩瑩嚇了一跳，趕緊縮回了腦袋。

「瑩瑩，妳在幹什麼？」肩膀突然被拍了一下，許瑩瑩本就緊張的心被嚇得停了幾拍。

「沒、沒什麼。」她轉過身見虎子奇怪地看著她。

「那房間不能去，妳別過去，要是二丫敲鑼，我爹和大伯是會打人的。」虎子提醒她一聲，又趕緊往豆漿房去了。

許瑩瑩面色陰沈下來，她都已經和蘇正寶訂親了，也算是半個蘇家人了，連靠近都不行。

方才蘇正寶話裡的意思，分明沒有把她當做蘇家人。

心中暗罵幾句，卻也沒法靠近，她只得提著桶去打豆漿了。

兩口鍋中的豆漿煮到沸騰，劉氏趕緊把豆漿打到桶裡，拎到小房間給喬月點膏。

許瑩瑩拎著桶子低著頭跟在劉氏身後，想要混過去，卻被劉氏制止了。

「瑩瑩，妳還不是我們蘇家的人，那裡面不能進去。」劉氏表情奇怪地盯著她。「虎子應該跟妳說了吧？」

許瑩瑩停住腳，面上有些尷尬。「啊，是，正寶說了。奶，我走錯了，沒想進去。」她眼神閃爍，丟下這一句轉身往豆漿房走去。

「哼。」劉氏看著她的背影，輕哼一聲。

房間裡，劉氏將兩桶豆花倒進缸中，喬月坐在旁邊，看了看門外問道：「娘，如何？」

劉氏點點頭。「妳說的不錯，她確實忍不住了，估計跟昨天來的那個婆子有關。」

這幾天許瑩瑩住在蘇家，和她們說話的時候總是處處設陷阱，想要套出豆腐的核心秘密。只是蘇家人早就知道她的真實目的，一直守口如瓶，什麼也沒說，再說了，豆腐點膏這事，除了喬月，蘇家確實沒人知道。

喬月面色複雜，這樣給一個姑娘下套，她心中也有些不舒服，但轉念一想，若是豆腐方子流出去，他們蘇家苦心經營可就為他人做嫁衣，等於把白花花的銀子拱手送人，這樣一想，喬月面色也冷了下來。

之前許家讓人上門說親的時候，喬月就留了個心眼，實在是虎子和許瑩瑩認識的太巧合了，加上虎子並沒有足以吸引大小姐的樣貌和家世，許家又這麼主動，像是女兒嫁不出去一般。

以往若是有貴女看中窮小子，那大戶人家的父母是要刁難和考察男方的，若是有一絲不對，這親事都很難成。

而許家卻不然，他們急吼吼地上門邀請見面吃飯，虎子的手藝雖然不錯，但還沒到足以養家餬口的地步，但是許家似乎不在意，滿口都是看好虎子，將來肯定有出息，女兒喜歡最重要這樣的話。

如此的急迫實在讓人不得不懷疑這裡面有問題。

許家的酒樓和集市距離很遠，喬月找張娘子和孫老闆打聽卻都沒打聽出什麼，但孫老闆是老江湖了，人脈也廣，當下便介紹一位號稱百事通的人給她認識。

閆老七專門做消息的買賣，洪安縣有錢人家的八卦，他都知道得一清二楚，只要給足銀子，哪怕你想知道縣令夫人穿什麼顏色的肚兜，他都能給你打聽清楚。

喬月先是花了十兩銀子打聽了許元中這人，得到的消息確實沒什麼異常，就是一些許元中養外室、許夫人高氏下毒讓許元中一個妾室小產和與表哥不清不楚的事，唯一值得注意的地方就是許元中的兩個兒子突然改邪歸正，不去花樓了。

喬月直覺其中有事，便給閆老七五十兩銀子好好打聽清楚。

閆老七最是喜歡這樣錢多活輕鬆的金主，當下便打包票會將許家祖宗幾代的底都給翻出來。

有銀子開道，事情非常好辦，很快閆老七便將事情打聽清楚。

許元中兩個兒子養花樓女子致其懷孕，那女子還因馬上風一屍兩命，被花樓老闆勒索一千兩銀子。

這件事非常隱秘，花樓老闆因為想拿銀子便將花娘的死壓了下來，而許家這邊不願讓兒子進大牢，便也將事情死死瞞了下來。

而許家酒樓也是因為債務而暗中易主抵押給了花樓老闆。

事情發生在上半年，距離最近一次許家被要債，許老大被剁掉一根手指的事情就發生在一個多月前，那是蘇家豆腐剛在縣裡掀起風潮的時候。

事情一串起來便清晰明瞭，許家還不起銀子，便打起了蘇家豆腐方子的主意。

他們設下圈套前肯定早已打聽清楚，想要拿到方子就要先進入蘇家，沒有什麼比結成親家更容易又不被懷疑的辦法了。

事實盡在眼前，蘇家人在驚愕之後只剩下憤怒。

竟然有人用騙婚的方法要竊取他們的秘方？

蘇二郎夫婦最是火大，原以為這是一樁天賜良緣的好婚事，沒想到竟是別人的算計，若是喬月沒有調查，恐怕日後他們會賠了夫人又折兵，當下便氣得要去衙門告狀。

喬月將他們攔下來，覺得此事不可操之過急，他們手中並沒有許瑩瑩要偷方子的證據，貿然告狀不僅出不了氣，反而會被許家反告一個誣衊的罪名。

想要人贓並獲就要請君入甕，因而在許家迫不及待想要訂親的時候，蘇家便答應下來。

他們猜想許家還債期限已到，肯定會急著想拿到方子，而最有可能拿到方子的機會，就是許瑩瑩在蘇家小住的這幾天。

果然，許瑩瑩彷彿能預知天氣變化，在大雪前兩日到了蘇家，第三日本應回去，卻因大雪順勢留在蘇家。

昨日蘇家來了一個老婆子，自稱是許瑩瑩的親戚，路過秋山村便上門看望一下許瑩瑩，兩人進房中密談兩刻鐘，婆子離開時，許瑩瑩的表情很是難看。

喬月猜想定是許家出了事，許瑩瑩裝模作樣幾天，怕是忍不住要動手了。

「娘，您過來，我跟您說……」喬月將心中的計劃告訴了劉氏。

第四十三章

來做豆腐的人絡繹不絕，蘇家人一直忙到天快黑了才終於送走最後一人。

「哎呀，老姊姊，可麻煩你們了。」村尾的牛大嬸笑咪咪地把銅板遞過去，感謝道。

「鄉里鄉親地客氣什麼，喜歡吃以後再來。」

劉氏看了看天色，幫牛大嬸把擔子挑起來。「天色不早了，路上濕滑，妳可得小心著點。」

「哎！」牛大嬸點著頭，挑著擔子往家走去。

晚飯是蕓娘做的，一道肉末豆腐、清炒黃心菜和一鍋蘿蔔排骨湯。

累了一天，飯桌上誰也沒力氣說話，全都沈默地吃飯。

趙氏給許瑩瑩盛了一碗湯，許瑩瑩喝著碗中鮮香的排骨湯，心中頗不是滋味。

他們家沒出事的時候，生活條件還是很不錯的，雖然每天吃的都是酒樓的剩菜，但也新鮮乾淨，飯桌上從未缺過肉食。

可是在出事後，她幾乎沒怎麼見過葷腥，外人看到的許大老闆，吃的飯連酒樓的夥計都不如。

一朝從天堂跌落，許瑩瑩不過兩個月就瘦成了紙片人，後來因為蘇家的事，家裡東拚西湊銀子給她補身子，這才補回來一點。

看著桌上的幾道菜，這完全不是鄉下農戶吃得起的菜。

這幾天待在蘇家，每天都能吃到葷菜，哪怕是最簡單的炒蔬菜，裡面也會放不少的油。

一想到蘇家的銀子都是靠豆腐得來的，許瑩瑩就覺得心中滾燙，若是他們家能得到這個方子，不僅債務瞬間消散，酒樓還能多一道鎮店菜餚。

眾人看似悶不吭聲吃飯，實際上眼角餘光暗暗注視著許瑩瑩，只是此刻許瑩瑩沈思在自己的世界裡，並沒有感覺到眾人的目光。

「咳咳！」

安靜的氛圍中，趙氏清了清嗓子，眾人的視線立即聚集到她身上。

趙氏微笑著對劉氏道：「娘，今兒個春嬸子過來，問我咱們家年後豆腐坊的事情，想讓她女兒去豆腐坊做幫工。」

蘇家要開新的豆腐坊？

許瑩瑩喝湯的動作一頓，不著痕跡地支起耳朵聽著。

劉氏說道：「這事一直是老二和月兒在辦，豆腐坊準備的怎麼樣了？」

蘇二郎說道：「娘，現在鋪子的右邊原先是賣醬油的，上個月已經搬走了，我和小妹商量了一下，已經把隔壁鋪子買下來了，人手也選得差不多了。」

一聽這話，許瑩瑩不禁有些著急起來。

蘇家要開豆腐坊就要招工人，到時候肯定要去縣衙簽署保密豆腐方子的協議，若是審核通過，到時候就算她偷到方子也沒什麼用了。保密協議保護祖傳手藝，若是市面上出現相同的手藝，那就要看簽署協議的時間，誰早就對誰有利。

事情若成了，她偷到方子不僅不能用，還會給自己和花樓老闆帶來麻煩，這種丟失祖傳手藝的事，一般人都會追究到底，畢竟這關係到全家的發展和「錢」途。

許瑩瑩咬了咬唇，調整好自己的表情，柔聲道：「蘇叔叔，豆腐坊準備哪天開業呀？這樣的喜事我們家一定要去賀喜的。」

蘇二郎看她一眼，說道：「還沒定日子，明天下午我要跑一趟衙門看看能不能把批文辦下來。」

一聽這話，許瑩瑩鬆了口氣，點點頭，說若是決定好日子一定要通知他們。

吃完飯，眾人開始收拾碗筷，喬月叫住了正要離開的蘇二郎。

「二哥，你過來一下，我把東西給你。」

喬月的聲音不大，一隻腳已經邁出去的許瑩瑩一聽，又把腳收了回來，低下頭假裝整理衣服，見兩人沒注意她，又小心往喬月的房間靠過去。

蘇二郎跟著她走到房間門口，只見喬月捧著一個小木盒，兩人站在門口，房門被掩上了，喬月用不大不小的聲音說：「二哥，明天別忘記帶這個，需要的東西全都放在裡面了，三哥已經草擬好了，你帶去給師爺過目。」

蘇二郎點點頭，接過盒子抱得緊緊的，轉身往外走。

許瑩瑩見狀，幾步走到門口，裝模作樣地彎著腰裝作尋找東西，蘇二郎經過她身邊的時候，許瑩瑩看到他懷裡抱著暗紅色帶鎖的小木盒。

房間裡，許瑩瑩咬著手指，表情焦急，突然想到了什麼，她眼睛一亮，抬腳走了出去。

「明天就回去?怎麼這麼突然?」

趙氏見許瑩瑩來辭行，頗有些意外。

許瑩瑩把早已準備好的說辭說了出來。

「明天是奶奶的忌日，要回去祭拜。」

趙氏聽了，點點頭道：「既如此也就不多留妳了，反正日後有的是時間。」

許瑩瑩笑著點頭，再三感謝這幾日的款待，又去劉氏房中說了這件事。

夜裡，蘇家幾人都已熄燈，只有蘇彥之的房間還亮著昏黃的燈光。

喬月坐在蘇彥之的房裡。「三哥，五千兩不是小數目。」

蘇彥之知道喬月心中在想什麼，嘆了口氣道：「小妹，別想太多了，斷人財路猶如殺人父母，況且我們已經給過她機會了。」

許瑩瑩在蘇家住了這麼多天，他們並沒有做什麼，也都默認若是許瑩瑩良心發現，不起壞心，此事便作罷，可奈何她一心為賊想要斷蘇家財路，這就怪不得他們了。

喬月沒有說話，走到窗前，皎潔的月亮高懸於夜空，如水的月光照在未化的積雪上，更顯黑夜明亮。

「啊！」

突然，一聲尖叫劃破夜空，將蘇家人驚醒。

「怎麼了，發生什麼事了？」劉氏著急地披了件棉襖跑出來，其他房間的門也都打開了。

許瑩瑩眼中含淚，蹲靠在房門外，衣衫單薄地瑟瑟發抖。

趕來的幾人不著痕跡地對視一眼，趙氏加快腳步走了過去。

「瑩瑩，這是怎麼了？發生什麼事了？」趙氏蹲下身焦急地問。

「嗚嗚，嬸子，房間裡有好幾隻老鼠，都爬到被子上了。」許瑩瑩睜大雙眼，害怕地撲進趙氏懷裡。

「好了好了，不怕不怕。」趙氏皺著眉表情很生氣，出口的話卻異常溫和關心。

「這大冬天的怎麼會有老鼠呢？我怎麼從來不知道房間裡有老鼠？」說話的是蘇大郎，許瑩瑩住的房間就是他的。

許瑩瑩身體微微僵了一下，從趙氏懷中抬起頭，捂著臉掩蓋了臉上的神色，抽噎著道：「我也不知道，剛才我半夢半醒的時候聽見有吱吱的叫聲，睜開眼一看就見到一隻老鼠在我眼前。」

許瑩瑩害怕到發抖的身體，像極了遭受驚嚇的模樣。

趙氏嘆了口氣，接過劉氏遞來的衣裳披在她的肩頭，安慰了幾句，回頭道：「虎子，你進去看看，務必要把老鼠趕走。」

虎子應了一聲正要進去，許瑩瑩雙手猛然抓緊趙氏的衣衫，可憐兮兮道：「嬸子，我不敢睡那個房間了，我能不能跟您睡？」

「跟我睡？」趙氏有些驚訝。

許瑩瑩見她如此表情，趕緊又哀求道：「嬸子，求您了，我實在害怕。」

沈默片刻，趙氏道：「那好吧。」

調整了一下房間，蘇二郎去了大哥的房間睡，許瑩瑩順利跟著趙氏進了房間。

「妳睡裡面吧，夜深了，咱們早點休息。」

趙氏關上房門，走到梳妝檯前把木盒子拿起來，口中還嘀咕蘇二郎這麼重要的東西不放好，順手放進了自己的櫃子裡，鎖上後把鑰匙掛在脖子上。

許瑩瑩坐在床上將這一幕看得清清楚楚，她心中得意自己的計劃如此順利，心中對蘇家人的鄙視又多了幾分，鄉巴佬就是鄉巴佬，一點心眼都沒有。

上了床，趙氏熄了燭火，兩人閉眼睡覺。

不知等了多久，許瑩瑩感覺耳邊傳來趙氏均勻的呼吸聲，輕輕喊了兩聲「嬸子」，見趙氏毫無反應，嘴角勾起一抹笑容。

第二天吃過早飯，許瑩瑩便提出告辭，很快的，來接她的馬車就到了。

許瑩瑩前腳剛走，後腳喬月就喬裝打扮一番，騎上小毛驢跟了上去。

另一邊，蘇彥之走另一條路往衙門而去。

「快點、快點！」

許瑩瑩緊緊抱著木盒，焦急心慌地催促著車夫，一邊朝後面的小窗戶看，生怕蘇家人發現東西不見了而追上來。

快馬加鞭到了許家門口，許瑩瑩下了馬車左右看看，推開門走了進去。

「爹、娘，我回來了！」許瑩瑩快步跑進後院。

「回來了，東西到手了嗎？」許元中兩個兒子率先衝了出來，焦急地問。

許瑩瑩得意地挑了挑眉，揚了揚手中的盒子。「那是自然。」

「太好了！」許家幾人歡喜地對視一眼，趕緊進了屋子。

「瑩瑩，妳是如何拿到這麼重要的東西的？」許夫人高氏拉著女兒笑得合不攏嘴。

許瑩瑩坐在椅子上，表情很是得意。

「由我出馬自然是手到擒來，蘇家那幫鄉巴佬一點心眼也沒有，我只使了個計便將東西拿到手了。

「只是盒子有鎖，我打不開，只好連盒子一起拿回來了。」

許老大說道：「沒事沒事，待會兒把方子拿出來，把其他東西一把火燒了就行了。」

許瑩瑩點點頭，將在蘇家這幾天的事情都說了一遍，末了語氣嫉妒地說：「蘇家現在的日子要多好有多好，年後還要去開豆腐坊，銀子就跟用掃把掃進家門的一樣。」

許元中呵呵笑了幾聲，說道：「這一切很快就是咱們家的了。」

「哈哈哈！」幾人興奮地大笑起來。

許老二拿來一個槌子。「爹，咱們把盒子撬開，看看這蘇家豆腐究竟有何秘密！」

幾人點點頭，緊張地看著。

許老二一用力，上面的小銅鎖應聲而落。

許元中伸手將裡面的東西拿出來，翻了翻，疑惑道：「怎麼是銀票？」

他仔細數了數，一共有五千兩銀票。

幾人面面相覷，許元中將銀票放在桌上，幾人一張張看過去，什麼方子也沒看到。

「豆腐方子呢？」

許瑩瑩疑惑道：「這裡面應該還有蘇三郎草擬的協議才對啊！」

幾人正奇怪，突然聽見「轟」的一聲，巨大的聲音從門口傳來。

「怎麼回事！」高氏驚叫一聲，還沒來得及反應，只見兩個官兵從花壇左右衝了進來。

為首的楊捕頭面色冷峻，雙眼掃了屋中一圈，見桌上放著被砸壞的盒子和銀票，當即道：「哪個是許瑩瑩？蘇家秀才狀告妳偷竊高額錢財，縣令大人命我等來捉拿妳！」

說完，不等許家人反應，一揮手道：「把桌上的證據全都蒐集起來，帶回衙門！」

「是！」一個小兵應了一聲，上前麻利地將所有東西裝進一個黑色布袋中。

「楊、楊捕頭，這其中肯定有誤會，我家小女並沒有做那偷盜之事啊！」

幾人被這瞬息間發生的變故驚得愣住了，許元中最先反應過來，上前幾步陪著笑臉道：「楊捕頭辛苦了，先進來喝杯茶休息一下吧。」

楊捕頭大手一揮，將許元中推到一邊，眼睛鎖定躲在高氏身後瑟瑟發抖的許瑩瑩，指著她說道：「妳就是許瑩瑩吧，來人，把她帶回衙門！」

說完，不待幾人再說話轉身就走。

「爹、娘，救我！救我啊！」許瑩瑩被兩個官兵架著往前走，她嚇得涕淚橫流，驚恐地扭頭大喊。

「瑩瑩，瑩瑩！」高氏捂著心口，追了出去。

「爹，咱們被人擺了一道，蘇家是故意的！」許老大咬著牙恨恨地說。

事已至此，哪裡還有什麼不明白的，這分明就是蘇家將計就計的圈套，他們知道許瑩瑩去蘇家的目的，卻不戳破，就是在這裡等著他們。

許元中面色非常難看，方才一進門楊捕頭便說蘇家狀告許瑩瑩偷盜高額錢財，並非豆腐方子，這足以說明許老大說的是事實。

「老爺，這可怎麼辦啊？」高氏哭著奔了回來，一進門就癱倒在地。

「五千兩銀票啊，這可是要殺頭的！」高氏哭得肝腸寸斷，口中不住地罵著蘇家。

在大永朝，偷盜五千兩銀及以上者就會被判處死刑。

許家人也曾想過東窗事發後蘇家人會告官，可沒有備案過的秘方是沒有律法保護的，到時候他們只能吃啞巴虧，就算和他們起衝突，許家人也不怕，他們與花樓老闆已經約定好會幫忙處理後續的麻煩。

可是現在，蘇家狀告的罪名是偷竊錢財，還是足以要命的巨額。

許元中緊緊抓著桌子邊緣，咬牙道：「為今之計咱們只能走為……」

話音未落，只見又有官兵衝了進來，為首的是另一個捕頭。

「縣太爺有令，抓你們進縣衙，誰也別想離開！」

許元中心想完了！

許瑩瑩被帶進大堂的時候，蘇家眾人均已到場。

縣衙。

「大人，事情的經過就是這樣，許家利用姻親之事指使其女來我家中偷盜。」

堂下，蘇彥之微微躬身，言語清晰、條理分明地將事情從頭到尾說了一遍。

「啪」的一聲，驚堂木發出震懾的聲響，許瑩瑩跪著的身子猛然一顫。

趙縣令喝道：「許瑩瑩，人贓並獲，速速將妳家中合謀之事細細說來，若有隱瞞，定不饒妳！」

許瑩瑩哪見過這樣的陣仗，當即嚇得渾身抖如篩糠，一句話也說不出來。

趙縣令捋了捋鬍鬚，又道：「把許家幾人全都押上來。」

許元中、高氏和兩個兒子被帶上了大堂。

許家兄弟早已娶妻，卻都因為兄弟兩人荒淫無度而和離，早已離開了許家。

「來人，給我打許元中二十大板！」

一上來，趙縣令就拿許元中開刀。

啪啪啪的板子聲響起，許元中的慘叫聲迴盪在大堂內，蘇家人冷眼看著，喬月握緊了劉氏的手，心中的不快略略散去。

「主犯許瑩瑩，還不快將事情的前因後果仔細說來，否則大刑伺候！」趙縣令重拍驚堂木，嚇得許家幾人渾身顫抖不止。

「嗚嗚，大人，我說，我說！」許瑩瑩見父親挨了二十大板，鮮血浸透了衣衫，人也面色慘白，昏死過去，立即跪趴在地上哆嗦著將事情全都說了出來。

只是當她說出自己是要去偷豆腐方子的時候，蘇彥之等人卻一口咬定她說謊，她的目的就是來偷銀票。

趙縣令點點頭。楊捕頭帶人前去的時候可是人贓並獲，贓物中並沒有看到什麼豆腐方子，他認定許瑩瑩撒謊，當即命人重重打她二十大板。

拔出蘿蔔帶出泥，許家兩兄弟害死花娘的事情也暴露出來，當即又將花樓中人帶過來問話。

一屍兩命，死狀淒慘，花樓老闆見錢拿不回來，便將事情全都推到許家兄弟身上，說他們偽造花娘死因，欲拿錢消災。

花樓老闆狡猾如狐，風月場上什麼交道沒打過，硬是將自己身上的事情推了個乾乾淨淨。

一刻鐘後，縣太爺宣判，許瑩瑩為盜竊主謀且數額巨大，判三日後菜市口問斬。許家人合謀之罪，許元中與高氏判監三十年，許家兩兄弟害人性命，同判三日後菜市口問斬。

事情發生的很快，消息傳到秋山村時，已經是年後了。

第四十四章

正月，縣裡的蘇家豆腐坊正式擴張了。

今年把隔壁買了下來，地方一下子擴大，除了沒地方住，做豆腐的全套流程都能在這裡完成。

蘇二郎買了好幾串鞭炮，豆腐坊門口十分熱鬧，街頭巷尾的人都來看熱鬧了。

「喬姑娘，恭喜恭喜啊！」

「恭喜，妹妹如此年輕就做大東家真是厲害！」

孫老闆和張娘子都帶著鞭炮前來賀喜。

喬月上前接過東西遞給蘇二郎，笑著把人往後屋請。「請進來喝杯茶，平日多虧孫老闆和張姊姊的照顧。」

進了屋，劉氏給兩人倒茶，又走出去叫蘇彥之過來陪坐說話。

街坊鄰居來賀喜的，此時都坐在屋中喝茶，趙氏和二丫忙得腳不沾地，為眾人倒茶拿點心。

「老闆，給我來一塊豆腐！」

門口，一個繫著圍裙的大漢聲音爽朗地喊了一聲。

劉氏站在豆腐攤前，接過大漢手中的盤子，拿了一塊豆腐給他。

大漢正要付錢，卻被劉氏阻攔了。「李老闆，這豆腐今天不收錢，你拿去就是了。」

劉氏笑咪咪的，她認出這大漢就是喬月指給她認識的，街頭那家賣肉的老闆。喬月在他家買肉，買的次數多了，老闆時常給她搭一點大骨、豬下水什麼的，時間長了和蘇家的關係就好了起來。

李老闆哈哈大笑。「好好好，我就不推辭了。」

劉氏笑著應了聲，讓他進屋喝杯茶。

屋內，喬月把準備好的豆製品全都裝在籃子裡，撩開簾子走進去，笑著說道：「張姊姊，孫老闆，這是我的一點心意，還請你們收下。」

兩人起身道謝，喬月坐下說道：「之前那件事，還要多謝兩位的鼎力相助。」

「哪裡哪裡，舉手之勞而已，喬姑娘不必放在心上，沒想到這許家竟會做出那令人不齒之事。」

喬月點點頭。

先前許瑩瑩從他們家偷走的五千兩銀票並非是喬月的，而是她找張娘子和孫老闆借的。

說到這個，喬月心中頗為感動，數額如此高的銀票，他們竟會答應借給她，這是她去借之前沒想到的。

孫老闆抿了口茶，嘆息道：「這許家從前在縣裡也是叫得上號的人家，沒想到竟會敗在他兩個兒子手上。」

許家老太爺年輕時白手起家，在洪安縣從小攤販一步步做到了大酒樓，其中艱辛可想而知，沒想到老太爺百年之後，家產竟會敗得一乾二淨，連許家子孫都進了大牢。

張娘子也面露惋惜之色，許瑩瑩她是認識的，她曾到芳容閣買過不少東西，那姑娘容色不俗，竟會幹出騙婚偷盜如此可惡的事，最後也算是自食惡果了，希望她下輩子能好好做人。

不多時，上門賀喜的人全都離開了。

喬月等人收拾著桌上和地上的瓜子、果皮，屋外的趙氏和蕓娘也忙碌起來。

「劉奶奶！」一個清朗的聲音響起，正在門外招呼客人的劉氏抬頭，見周勤拎著籃子，和母親洪氏走了過來。

「快到裡面去坐，我去叫三郎。」劉氏笑咪咪地請兩人進屋，轉身去叫蘇彥之和喬月。

「周兄，嬸子。」蘇彥之見友人特意上門恭喜也很高興，相互打了招呼，便坐下來閒聊。

劉氏和喬月就陪坐在一旁說話，都是熟人，聊起來也融洽。

洪氏拉著喬月的手，面上露出喜悅之色，她對劉氏說道：「大娘，今天我們上門，一是來恭賀你們擴張店鋪，二是來感謝你們的。」

她指著身上穿的新衣裳，說道：「這都是用小月教我的法子掙錢買的，家中一直貧窮，多虧小月教我做生意賺錢。」

她是真心實意地道謝，自從她擺攤賣雜糧煎餅後，家中的日子好過不少，現在每天有近一百文的收入，一個月差不多賺一兩銀子，這是她以前想也不敢想的。

現在家中吃上了好的大米和白麵，就連肉也隔三差五吃上一頓，周勤原先瘦得連臉頰都凹了下去，這半年一過就壯實起來。

手中有錢，心中就不慌。

喬月道：「嬸子說的哪裡話，我不過是幫了點小忙而已。」

劉氏也道：「洪娘子客氣了，妳家周勤和我家三郎是同窗好友，去年夏天三郎在妳家多有打擾，多虧有你們夫婦照顧，我這心中也很是感激。」

「大娘，您客氣了。」

兩人相互客氣一番，劉氏邀請兩人中午在鋪子用飯。

另一頭，喬家。

「咳咳……咳咳咳！」

喬大柱躺在床上，一陣劇烈的咳嗽彷彿要將肺腑都咳出來，他面色蒼白，瘦得都脫了形。

王氏聽見兒子的咳嗽聲，連忙走了進來。

「大柱，好點了嗎？」

她用力將兒子扶起來靠在床頭，輕柔地拍著他的背，看著兒子額頭冒汗直喘氣的模樣，心疼得不得了。

「老二家的，還不快把藥端進來，這麼長時間死哪去了！」

她扭頭朝門外吼了一聲，一個穿著藍色衣裙的年輕女人端著藥走了進來，眉宇間滿是隱忍的怒氣。

「娘，方才隔壁嬸子找我教她畫花樣子，我才離開一小會兒。」她抿著嘴，語氣委屈。

王氏瞪她。「還敢跟長輩頂嘴，妳在家裡就是這麼跟妳娘說話的嗎？一點規矩都沒有！」

小兒媳何氏是去年到喬家的，因為出了那件事，王氏自覺小兒子對大兒子有虧欠，便讓他趕緊娶個人回來照顧喬大柱。

一方面是為了照顧長子，另一方面還是因為喬家現在銀錢很是緊缺。

自從喬大柱挨了板子後，這身體是徹底垮掉了，終日纏綿病榻不說，這藥也是不能斷的。

因為傷的是肺腑，用的藥十分昂貴，一個月就要用掉一兩多，這半年下來，喬家這麼多年攢的銀子已經用了不少，後來給小兒子娶媳婦，銀子便全都花光了。

不過小兒媳何氏家中的條件倒是不錯，家中良田有不少，父母身體康健，還做了一點山貨的生意。

說起來喬大山能娶到何氏還真是緣分，喬大山的樣貌繼承了王氏，長得還算一表人才，若是裝起樣子來，還真能迷倒一些大姑娘。

身為何家獨女，何氏從小受父母教誨，平日大門不出，只在家中學習繡花、做鞋之類的活計，一次趕集時兩人偶遇，何氏當即被穿著整齊、裝模作樣準備釣姑娘的喬大山給吸引了。

何家距離他們村有點遠，因而不知道喬家發生的事。喬大山見何氏對自己有意，越發會裝，竟騙過了何家夫婦，順利訂了親。

喬家為了能娶到這樣一個好兒媳，散盡家財送了厚厚的定禮和聘禮，王氏還哭訴家中有一個身體很差的長子要照顧，希望何家能答應，言語間的意思模糊了需要小兒媳幫忙照顧。

見喬家誠意十足，態度和禮金上都挑不出錯，何家便答應結成姻親。

何氏被婆婆訓斥，面色難看起來。

她在家中和父母相處融洽，母親也從不像王氏一般大吼大叫，稍有點不順心就垮著臉。她心中委屈，眼圈也紅了，想要反駁卻又顧及喬大山，她不想讓丈夫難做，也知道自古以來媳婦都是不好當的，如此便忍了下來。

王氏伺候兒子喝完藥，給他擦了擦嘴，又扶著他躺下。

兩人走到門外，王氏又道：「妳大哥的藥沒了，一會兒妳去藥鋪一趟。」

說完她把碗放在何氏手上。「哦，對了，記得多抓一點，省得來回跑，很快就要春種了，到時候會很忙。」

何氏一聲不吭，見王氏往門外走，這才小心地開口。「娘，您還沒給我藥錢呢。」

她說得小心翼翼，臉上也帶著笑，沒想到王氏回頭一瞪，罵道：「給妳大哥抓藥還找老娘要錢，沒有！」

何氏面色頓時僵住，她眼圈紅紅地說：「娘，兒媳也沒銀子，大山這個月還沒拿錢回來。」

王氏呸了一聲，心道何氏果然露出了真面目，之前剛來家裡的時候還表示會和小兒子一起好好照顧長子，這才幾個月，現在連藥都不願意買了。

「反正我沒錢，大柱的藥肯定要喝的，他這病都是為了救大山才得的，你們可不能做那忘恩負義的白眼狼。」

說完，王氏冷哼一聲轉身離去。

晚上，何氏滿腹心事，戳了戳躺在身旁的男人。

「大山，娘今天讓我去給大哥抓藥。」

「嗯，抓了嗎？」喬大山幹了一天的活，渾身疲憊，模糊地應了一句。

何氏道：「沒有，娘沒給我銀子，我用什麼買？」

喬大山聞言，腦中清醒過來，他轉頭看著何氏。「娘沒給妳銀子妳就不給大哥抓藥？妳想害死大哥嗎？」

第四十五章

何氏愣了一下，支起身子，看著身旁的男人，不可思議道：「我想害死大哥？喬大山，做人要講良心，我嫁進來這麼長時間，每次娘說讓我去買藥都是用我自己的銀子。」

何氏滿腹委屈，婆婆一直說大哥是因為丈夫才受傷如此嚴重，而喬大山也說是這樣，何氏自覺與喬大山夫妻一體，大哥的傷她也有義務幫忙，因此，在王氏讓她去抓藥的時候，她總是二話不說拿著嫁妝銀子去了。

她覺得自己是幫忙，可這幾個月下來，她覺得婆婆完全是將照顧喬大柱的責任全都丟給她，她不僅要花錢抓藥，熬藥也是她來，一天三頓，還要隨時回應喬大柱的喊叫。

前天她說想回娘家一趟，卻被婆婆拒絕了，說現在天氣暖和，地裡的野菜長起來了，要出去挖野菜，家中不能沒人。

她自覺已經做得夠多了，照顧一個病人，家裡的洗衣、做飯、打掃也都是她，一天下來比幹活還累。

現在聽丈夫這樣說，她的眼淚終於忍不住了。

喬大山被她這樣一說，頓時覺得面子過不去，何氏性格溫順，從未這樣跟他大聲過。

喬大山坐起身說道：「不過是隨口一說，妳哭什麼哭，我都累了一天了，妳還要跟我吵架，大哥喝點藥要多少銀子，妳怎麼這般吝嗇？」

何氏淚水漣漣。「我吝嗇？」

她擦了擦眼淚。「自從嫁到你家，前前後後花了我快十兩銀子，你說這話不是誅我的心嗎？嗚嗚！」

何氏哭得傷心，她沒想到自己出錢出力，還背上一個吝嗇的名聲。

喬大山有些不耐煩，他白日扛一天的樹已經很累了，現下見她哭哭啼啼，只覺得滿心煩躁。

「好了，不就這麼點小事，大半夜的還讓不讓我休息了。」喬大山不想再跟她說什麼，他只想睡覺。

何氏頓覺心寒。「反正不拿銀子，我不會再去買藥了。」

喬大山瞪著眼。「妳敢！」

何氏脾氣也上來了，她在家中從來沒有受過這樣的委屈。她知道為人妻為人兒媳不是那麼容易，少不得要受委屈，嫁人之前母親也跟她說過，她也做好了心理準備。

這幾個月來，她在喬家過得還算舒心，但她突然明白，自己以為的舒心是建立在自己拿錢養家上面的。

她是家中獨生女，當初喬家給的聘禮豐厚，娘家為了讓她以後在婆家有底氣，便將收到的聘禮全都買了東西做陪嫁，還給了自己二十兩銀子做嫁妝壓箱底。

來到喬家幾個月，就已經花了十來兩了，要知道，普通人家一個月能有一兩銀子用，日子就能過得很不錯了。

何氏絲毫不理會喬大山的怒氣，鑽進被窩裡睡了。

第二天中午，何氏剛做完飯，在院中剁著雞菜。

王氏幹活回來，走進大兒子的房間，片刻後走出來，皺眉道：「老大中午怎麼還沒喝藥？」

何氏動作一頓。「沒銀子買。」

王氏怒道：「什麼！妳竟然沒去抓藥？老大的藥一天都不能斷的，妳安的什麼心？」

何氏放下手中的活，冷冷道：「當初你們家上門提親的時候，可沒說要我負責大哥的全部。」

王氏愣了一下，這還是小兒媳第一次跟自己頂嘴，心中頓時不快。「沒承想妳竟是這樣的性子，竟學會跟長輩頂嘴了！」

何氏沒吭聲，王氏插著腰。「老大受這麼嚴重的傷也是因為老二，妳如今是他妻子，就該照顧老大。」

何氏問道：「那大哥的傷究竟是怎麼回事？」喬家人一直強調喬大柱的傷是因為弟弟，但卻從沒有說過是什麼原因。

一聽她這樣問，王氏不說話了，難堪倒楣的一幕幕從眼前閃過，她面皮抽動幾下，陰沈道：「妳這是要跟老大算帳，劃清責任？」

「我沒有。」

何氏見她不肯說，直覺裡面有問題，原先他們家不願揭人傷疤，所以沒有細問過，現在看來還非得問清楚不可。

氣氛逐漸僵硬，喬大山從院外走進來，便見到兩人劍拔弩張的模樣。

王氏一見到小兒子，臉色一變，眼淚立刻滾了下來。「大山，你妻子就是這樣頂撞長輩的，我花錢給你娶媳婦，如今還要受氣，這讓我怎麼活呀！」

她聲淚俱下的控訴何氏趁他不在家對自己有多不尊重，不僅不熬藥給老大，還要跟她算舊帳。

何氏目瞪口呆地看著婆婆表演，嫁進來這麼長時間，她才看到婆婆的真實面目。

喬大山一聽又是因為不給大哥抓藥的事，看著抓住自己衣衫哭訴的老娘，她話裡話外都在說當初大哥為什麼被重打的事，本來這件事他就心有愧疚，現在只能啞口無言地聽著，心中覺得憋屈，便朝何氏吼道：「還不過來跟娘道歉！」

何氏嚇得一激靈，眼中浮起水霧，菜刀扔在地上。「我沒錯，憑什麼道歉！我要回娘家！」吼完立刻跑進了房裡。

王氏見小兒媳如此強硬，被嚇得一聲都不敢出了，呆呆地看著被甩上的房門，聽著裡面傳出的哭聲。

喬大山面色陰沈，王氏心臟怦怦跳，囁嚅著道：「你大哥到現在都沒喝藥。」

看了母親一眼，喬大山突然嗤笑一聲。「娘，我記得當初您是默認大哥扛下一切的，怎麼如今全都怪在我頭上？」

他也很不高興，眼神晦暗地盯著大哥的房間，裡面時不時傳出咳嗽聲，他受夠了，這半年來他一直被母親耳提面命地嘮叨，大哥是為他才受了這麼嚴重的傷，他一定要好好照顧大哥才行。

聽得多了，喬大山不免感覺到厭煩。

王氏面色一白。「你怎麼這樣說娘，娘也是為了咱們這個家，不得已才讓你大哥扛下來的。」

喬父的身體一直不大好，只能幫著鄉里鄉親打點零工賺點銅板，兩個兒子若都出了事，這個家就垮了，她也是沒辦法才默認的，沒想到小兒子竟往她心上捅刀子。

喬大山不耐煩道：「既然娘是為了這個家好，那就應該一直隱忍下去，家裡又不是沒有銀子給大哥抓藥，非要吵得家宅不寧嗎？」

他指著房間又說：「如雲這副模樣，若是跑回家指不定又要生出什麼事來，到時候咱們家要如何解釋？」

王氏被兒子說得面色鐵青，心中暗罵何氏。

今天的事都是因為她，他們家為了迎娶她已經花光了家產，哪還有銀子給大兒子抓藥，偏偏大兒子吃的藥又貴。

她知道何氏嫁過來帶來了不少的嫁妝，沒想到她竟如此吝嗇，這麼堅定地拒絕了。

王氏苦著臉把家中情況說了一遍，表示真的一點銀子都沒有了。

喬大山皺著眉。「知道了，我一會兒去勸勸如雲。」

沒想到，何如雲這氣性上來了，根本不搭理喬大山。

翌日，喬家人都去幹活了，何如雲跑到村子想要打聽喬家發生的事。

不是她不在左右鄰居處打聽，而是左右鄰居都不跟他們家說話，偶爾撞見也是對她沒有好臉色，聽婆婆王氏說他們以前吵過架，所以不說話。

「張大娘，等一下。」

何如雲走到一塊菜地前，瞧見村頭針線鋪的張大娘挎著籃子往回走，連忙叫住她。

「這不是喬老二家的嗎？有什麼事嗎？」張大娘停下腳步問道。

何如雲快步走到她身邊，問道：「大娘，您知道我大哥……就是喬大柱，他是怎麼受傷的嗎？」

張大娘驚訝地看著她，沒想到她會問這個。

「妳怎麼會問我？妳家裡人最清楚的啊！」

她打量著何如雲，見她神色有些不對，猜想應該是吵架，既然喬家沒有跟何氏言明，那肯定是不能說。

猶記得之前村上有好事的人想要破壞喬大山的婚事，卻被王氏大罵拿著菜刀追得滿村跑。如此，她不想多說，以免惹到難纏的王氏。

她剛要離開，何如雲一把抓住了她。

「大娘，求您告訴我吧，我婆婆一直說大哥的傷是因為我丈夫，讓我全權照顧，每日要給大哥熬藥、餵藥和擦洗。」她說到這裡，臉上已然帶淚。「雖是一家人，可我畢竟是他弟媳婦，這些事我如何能做，只分辯幾句，便被打罵了出來。」

「王氏竟然這麼對妳？」

張大娘驚訝不已，但仔細一想也覺得不奇怪，喬家一家辦事都是不講究的，那王氏也不是什麼好貨。

見她哭得傷心，張大娘嘆了口氣，拉著她的胳膊道：「何娘子，不是我不說，若是妳婆婆知道是我說的，只怕找上門鬧事。」

她沈吟著，說道：「最清楚這件事的還有一家人，妳去縣裡找蘇家豆腐坊，那家的小女兒原是妳婆婆的親生女兒，他們對這件事很清楚。」

「蘇家豆腐坊？」何氏喃喃說了一句，道了聲謝轉身往村頭跑去。

另一邊，書院今日下課早，周勤和蘇彥之並肩而出。

兩人走在路上，路過三岔口的時候，見周勤仍跟著自己，蘇彥之道：「你往哪裡去？」

周勤笑嘻嘻道：「去你家買豆腐。」

蘇彥之皺皺眉，這段時間他可沒少往豆腐坊跑，正值春種，家家戶戶都忙了起來，書院裡的學子多是家中清苦，農忙時節都要回家幫忙，因此若是當日請假人數多，書院便會提前下課。

而周勤，每次都會跟著自己去家裡的豆腐坊買豆腐，有時還在家裡閒聊。周勤為人活潑，即使和二哥二嫂也能聊上天，還會幫自己母親打下手，那熱乎勁像是一家人似的。

第四十六章

蘇彥之懷疑地看著他。「這一個月不到，你都買了十來次豆腐了，沒吃膩嗎？」

周勤嘿嘿直笑。「不膩不膩，我們家裡人都愛吃，牛大爺年紀大，牙口不好，最愛吃豆腐了，讓我有空就幫他帶。」

他眼珠轉了轉，想起娘親跟他說的話，心中一動，試探著問道：「蘇兄，咱們書院的楊亭前幾天訂親了。」

蘇彥之「嗯」了一聲看著他。

周勤摸摸鼻子，開玩笑說道：「彥之你一表人才，我可是聽說咱們書院附近有不少待字閨中的姑娘對你有意。」

這話不假，蘇彥之樣貌俊秀，為人謙虛有禮，平日與同窗間幾乎沒有紅過臉，書院附近確實有不少姑娘暗地裡打聽他，尤其是在得知蘇彥之在書院的成績後，有些姑娘的家人甚至直接到書院見蘇彥之想要結親。

蘇彥之把臉一板，斜了周勤一眼。「咱們現在正是要緊的時候，讀書人自當先考取功名再談婚姻大事才對。」

他現在一心在為秋闈做準備，哪還有閒心關注兒女私情。

周勤心裡一喜，面上半點不露，踢了踢路上的小石子。

「前幾天我去你家買豆腐，見對面趙嬸子正拉著小月妹妹說話，很是喜歡她的模樣，還說要是有一個跟她一樣的女兒有多好之類的話。」

蘇彥之皺眉。「我妹妹聰明又好看，人家喜歡很正常。」

自從喬月用了神醫的藥，臉上的胎記已經淡了不少，不湊近看根本看不出來。這麼長時間在家養著，皮膚白了，人也長開不少，尤其她辦事、說話穩妥，一點同齡女孩的稚氣跳脫都沒有，左右鄰居都很喜歡她。

周勤無語，覺得蘇彥之有點太死腦筋了，這讀書上的聰明勁是一點也沒用到生活上。

「趙嬸子家的長子今年剛十七，聽說趙嬸子正在給他張羅親事呢。」

「你的意思是……」蘇彥之頓了一下，臉色有些不好看。「喬月今年才十三，還是個孩子呢。」

「不小了，我表妹今年才十五，孩子都生了。」周勤觀察著他的表情，口中道：「你沒發現這段時間有不少男子去你家買豆腐嗎？」

周勤一直留著心，自從蘇家豆腐坊在縣裡站穩腳跟後，別人又知道這豆腐手藝是出自喬月就動了心思，但凡家中有適齡的兒子，全都打發了去買豆腐混臉熟。

他看得清楚，只有蘇彥之腦子裡只有讀書，對這些事是一點都沒注意過。

「你怎麼這麼清楚？」

蘇彥之想了一下，似乎真的是這樣，有好幾次他都碰見小妹跟人說笑，原以為只是和顧客閒聊，沒想到那些人竟藏著這個心思。

到底是聰明人，周勤說了這麼多，他也察覺到不對勁，狐疑地打量著周勤。

周勤緊張地手心冒汗。

雖然喬月是蘇彥之的妹妹，但到底不是親生的，這麼優秀的女孩子，難保蘇彥之也喜歡。

他雖然對喬月有意，但也不敢貿然說出來，若蘇彥之真的喜歡喬月，他這一說兄弟間肯定會有些尷尬，他視蘇彥之為家人，最是不願和他鬧不愉快了。

一開始的時候，他是真的拿喬月當妹妹，但是年前洪氏跟他說想要喬月做兒媳婦，母親有多喜歡喬月，他是知道的，三天兩頭在家念叨喬月的好，說他們兩家都是知根知底的，他和蘇彥之又是同窗，若是娶他妹妹也算是親上加親。

周勤的心思也被母親說動了，他覺得若是能娶喬月做妻子確實是一件很不錯的事，但是他和蘇彥之想的一樣，想要在考取功名之後再談婚姻大事，更重要的還是因為蘇彥之。

雖然蘇彥之一直強調喬月是他妹妹，但是周勤還是發現不一樣的地方，蘇彥之從最開始對喬月的冷淡，到現在會買小玩意兒逗她開心，喬月喜歡吃麥芽糖，蘇彥之便經常帶回去。

以前蘇彥之從不提喬月，彷彿沒這個妹妹，現在動不動就掛在嘴上，今天她做了什麼好吃的、給他買了哪家的宣紙，他都捨不得用。

就連他現在的書簍，平日也是極小心地呵護，昨天在學堂上被追逐打鬧的人踢倒，他當時就很心疼地檢查了一番。

如此這般還有很多，都是蘇彥之在不經意之間的改變，他現在的笑容多了，十句話裡總有一句是說喬月的。

周勤也正是因為這個，拿不準蘇彥之是喜歡喬月，還是真心把她當做自己的親妹妹。

見蘇彥之打量自己，周勤笑了笑說道：「當然是因為我一直把喬月當做是我的妹妹啊，再說了這男人對姑娘的心思一眼就能看透，不信，你回去後多注意看看。」

說罷，他用手肘碰了碰蘇彥之。「小月妹妹又好看又機靈，你可得看緊點。」

蘇彥之面色嚴肅，沒聽懂他話外之意。「我知道。」

兩人說著話就走到了豆腐坊，卻見鋪子前圍滿了人，兩人對視一眼，飛快地擠進人群。

「劉秀，妳跟我兒媳說什麼了？是不是你們在裡面挑撥離間，我兒媳要是跑了，我跟你們沒完！」

王氏插著腰站在豆腐坊門口，地上一片狼藉，豆腐攤子被掀翻在地，白花花的豆腐被踐踏，宛如爛泥。

蘇家幾人面色鐵青地站在門口，雙眼冒火地瞪著王氏。

「王桂梅，妳跑來發什麼瘋！」劉氏心疼被糟踐的豆腐，衝過來大罵道：「方才妳小兒媳過來問，我們只是實話實說罷了，妳亂扣什麼盆子！」

王氏冷哼一聲。「妳這是承認在裡面挑事了？方才我兒媳回家死活要跟我兒和離，原來是你們一家黑心爛腸地在裡面攪事，我呸！」

王氏啐了一口，心中很是惱火。

他們兩家的事因為鬧出了人命，平時在村裡也沒有人會提起，如此這般才將事情瞞住，不至於壞了與何家的親事。

沒承想，今日小兒媳不見了半日，進門第一句話就是要跟大山和離，爭吵之下，她說出喬家兄弟串通害死人嫁禍蘇家的事情，王氏追問她是如何得知，何氏直言她來蘇家問的。

「你們家害得大柱重傷臥床還不夠，現在還挑動我家宅不寧，真是不要臉！」話音剛落，王氏上前一步將一旁的豆漿桶踢倒在地，半桶豆漿倒在地上，引得眾人驚呼。

「住手！」喬月大喝一聲，上前一把抓住王氏想要再推豆花桶的手，眼神冷冽。「還敢到我家門前撒潑！」手上一用力便將王氏推倒在地。

「哎喲！大家快來看啊，親女兒要打殺老娘了，大家快來評評理啊！」王氏摔倒在地，索性坐在地上，指著喬月哭喊起來。

「親女兒？這是怎麼回事？這姑娘不是蘇家的孩子嗎？」

「哎呀，你不知道，這姑娘是蘇家養女，地上那個才是她親娘。」看熱鬧的人中有相熟的當即便說了出來。

「嘖嘖，這親娘就是犯了錯，也不能這樣推啊，也太不孝了。」

王氏聽著周圍人的議論，面上越發得意。「小賤人，妳連親娘都下得了手，老娘當初就不該生下妳，妳害妳大哥重傷臥床半年多了，就是個小畜生！」

王氏罵得痛快，把這半年積攢的怨氣全都發洩出來。

蘇彥之聽見王氏這話，氣得面色鐵青，拳頭捏得咯咯直響，剛想衝上去理論，只見母親劉氏衝上去，一把按住王氏，劈頭蓋臉地打了起來。

「哎喲！哎喲，打死人啦！要打死人啦！」王氏被她壓在身下，一時動彈不得，只能捂著腦袋哀號。

「放手，放手，她是妳女兒的親娘，妳怎麼下死手！」

看熱鬧的人不知內情，見劉氏這樣發瘋，有幾個人上前把她拉開。

「娘，您沒事吧？」喬月和蘇彥之等人見劉氏瞪著眼睛被拽開，趕緊上前攙扶她起來。

「老賤人養小賤人，都不是什麼好東西，有本事妳打死我啊！」王氏勉強站起身叫囂道。

「妳敢罵我娘！」

喬月本不想跟瘋子計較，奈何王氏一直觸碰到她的底線，她寒著臉，面色平靜，上前抓著王氏的衣裳，左右開弓「啪啪啪」甩了她四、五個耳光。

王氏被這突如其來的巴掌打蒙了，回過神後只感覺臉上火辣辣地疼痛。

正欲再罵，見喬月又揚起手，害怕地縮了縮腦袋，捂著臉號哭起來，指責喬月以下犯上大不孝。

面對眾人的指指點點，喬月高聲道：「當年王桂梅在七月半生下我，又因我臉上有胎記，便覺得我不祥，在我兩個月的時候把我扔進水中想要溺死我，幸虧我母親不顧生死將我救出，帶回蘇家撫養，若不是我母親，只怕我早就被各種魚蝦啃食乾淨了！」

眾人一聽這話，全都安靜下來。

喬月恨恨地瞪著王氏，指著她又道：「她對我沒有養育之恩，還想將我殺死，早就已經是我的仇人，還親娘？我呸！她配嗎？」

喬月看著僵住的王氏，又說：「去年我養母家中蓋新房，我那個所謂的親生哥哥卻串通村中無賴害死一個男人，嫁禍給我家，想要訛詐我家一百兩銀子。」

這話一出，眾人譁然，全都驚訝地瞪著王氏。

「小賤人，妳胡說什麼！」王氏惡狠狠地瞪著喬月。

喬月不理她，繼續道：「幸而有縣令大人的英明決斷，將事情查得水落石出，我那所謂的大哥因罪被罰，本就是罪有應得，她竟厚顏無恥地怪罪我們。」

喬月抬起手。「各位父老鄉親，他們騙婚何家，那姑娘被她逼著伺候喬大柱的屎尿，走投無路之下這才想要離開，這人竟又賴到我們家頭上，大家說她的心惡不惡毒？」

「惡毒，真是惡毒！」

「娶小兒媳回來伺候大兒子，虧她幹得出來，心腸真黑。」

「原來是這樣，還說什麼親娘，我呸，我家的狗下了崽還知道護在窩裡，這女人竟捨得殺死自己的女兒！」

眾人得知真相，紛紛罵起王氏。

「滾！都給我滾！」

事情被捅了個底朝天，王氏的臉黑了黑，眼睛瞪得像是要吃人，狼狽地從地上爬起來，狠狠瞪了喬月幾眼，一瘸一拐地跑了。

第四十七章

在蘇家沒討著好，回家後又發現小兒媳已經收拾好包袱要出門，此時正在院子裡和喬大山拉拉扯扯。

王氏披頭散髮地衝進去，一把拉住何氏。「妳不能走，妳是我喬家的兒媳，妳想去哪裡！」

何氏與喬大山爭執半天，原先的傷心失望已經全都沒了，取而代之的是憤怒。「喬大山，你們家這是騙婚，你們兄弟做下的事真讓我感到羞恥！」

今日去蘇家得到了想要的答案，再思及婆婆王氏說大哥的傷一半是因為丈夫，她哪還有不明白的？這害人的事情，分明自己丈夫也有一份，只是讓倒楣的大哥給頂了全部。

一想到與自己同床共枕的男人竟然與人合謀殺人訛錢，她就感覺不寒而慄，自己被喬大山的外表給迷惑了，他分明是一個衣冠禽獸。

喬大山也很惱怒，這件事鬧成現在這樣都怪他娘，若不是王氏一天到晚拿大哥為自己受傷這件事使喚何氏，她也不會跑到蘇家去問。

這件事在村子早已平息，他費心打點瞞著才娶到何家獨女，就在前幾天何家夫婦看他在林場工作辛苦，已經跟他商量，希望他跟著自己夫妻兩人學做山貨生意。

何家的山貨生意確實不錯，靠著這門生意，家裡的田地都不用種了，直接租給了別人。

喬大山想到這裡，心裡有些後悔，昨天晚上不該跟何氏吵架，他原以為何氏已經嫁到他家，一切都是板上釘釘的事，昨天回來的時候他娘又跟他抱怨了一通，因此他才會口不擇言地與何氏吵起來。

沒想到這個女人脾氣這麼大，得知真相後就要回娘家，話裡話外的意思竟要與自己和離！

喬大山忍著脾氣，勸說道：「事情已經過去了，妳又何必抓著不放呢，妳不想照顧大哥，待會兒我跟母親說就是，不要這麼衝動。」

何氏正要說話，院門被推開，王氏披頭散髮地跑了進來，臉頰紅腫，巴掌印十分清晰，身上的衣服也髒得不得了。

「大山哪！」

兩人皺眉，喬大山道：「娘，您這是怎麼了？是不是蘇家人欺負您了？」

喬父聽見妻子的喊叫，趕緊走了出來，見她這副模樣，臉色大變，怒道：「蘇家欺人太甚！」

王氏挨了一頓教訓，渾身疼痛，尤其是臉，火辣辣地腫著，她一哭，眼淚流在傷處更疼了。

喬父趕緊打了井水過來給王氏冰敷臉頰，他冷著臉看著何氏。「妳娘受這麼大委屈都是因為妳找的事！」

王氏哼哼唧唧地半閉著眼，聞言睜開眼憤怒地瞪著何氏。

她今天受傷都是因為她，好好的日子不過，非要弄得家宅不寧。

何氏被這樣指責，眼圈一紅，眼淚頓時流了下來。今天的事情明明是他們自找的，卻全都推到自己頭上。

「你們、你們……」何氏抹了一把眼淚，抬頭看看面色陰沈的丈夫，猛地推開他跑了出去。

喬家這裡如何爭吵也不關蘇家人的事，日昇月落，他們照樣做著自己的生意，只是喬家人卻不長眼的找上門來說要給王氏討個說法，蘇家人再沒有好脾氣，三兄弟齊上陣，將喬家父子兩人給揍得鼻青臉腫。

如此，喬家人再也不敢來挑撥了。

轉眼間草長鶯飛，到了春暖花開的四月。

蘇家豆腐坊掛上了「歇業三天」的木牌。

這時候正是摘茶葉的好時候，幾次春風一吹，茶葉拔苗似的往上長，蘇家人都愛喝茶，尤其是夏天，一壺冰涼清香的茶水下肚，整個人都舒爽了。

所以每年這個時候，家裡人都要上山採茶。

「喲，這不是蘇家的丫頭嗎，怎麼變得這麼好看了？」

往山上茶地去的時候碰到村上幾位婦人，一個戴著頭巾的婦人見到喬月白皙光潔的臉，很是驚訝。

「圓嬸子，採茶去呀？」喬月大大方方地微笑著招呼一聲。

同行的幾個婦人也都看著喬月的臉，她以前的模樣村人都知道，半邊臉都是胎記，小孩子看到了都會被嚇哭的程度，這不知什麼時候臉上的胎記消失得一乾二淨，現在白白嫩嫩，好看極了。

看著小姑娘水靈的模樣，幾個婦人這心思就活泛開了。

蘇家現在在村上可是出了名的，縣裡的豆腐坊開得風生水起，就連蘇家老大的煎餅攤子生意也紅火的不得了。

另一個揹著竹簍的婦人見蘇家人走遠，悄聲說道：「聽說上個月蘇家在縣裡買了一間大宅子，又氣派地段又好。」

「嘖嘖，蘇家真是財運來了，看看他們，上山摘茶葉穿的都是新衣裳，看看我們——」

三人低頭看了看自己身上的衣服，大大小小的補丁足足有四、五個，腳上的布鞋都露出腳趾了。

嘆氣一聲，三人毫不掩飾羨慕地盯著蘇家幾人，心中想法一個個冒了出來。

「蘇家嫂子，喝點水吧，這天太熱了。」

太陽明晃晃地掛在頭頂，曬得人冒汗。一個鵝蛋臉的中年婦人拎著茶壺走了過來，她家就是住在山腳下的許家，上山摘茶葉都要路過他們家。

蘇家年年上山摘茶葉，經常到許家喝水，因而很是熟悉。

劉氏感謝地接過茶杯。「多謝。」

他們帶來的水喝得差不多了，這會兒正渴得慌。

許氏擺擺手。「客氣什麼，喝點白開水罷了。」

兩人坐在樹蔭下，許氏看著神情專注摘茶葉的香月，感嘆道：「蘇家嫂子，妳家這個女兒真是不錯，小小年紀就這麼有本事，還聽妳的話，又勤快的不得了，老嫂子真是好福氣啊！」

聽見有人誇自己女兒，劉氏自然高興，她眉開眼笑地直點頭。

眼珠轉了轉，許氏問道：「妳家姑娘今年有十三了吧？」

劉氏點點頭。「剛滿十三。」

看著女兒飛快地摘完一棵茶樹，她也不禁感嘆。「一轉眼就過去十三年了，當初我抱她回來的時候，她才這麼一點點大。」劉氏比了個尺寸，兩人都笑了起來。

許氏試探著問道：「可許人家了？」

劉氏笑了笑。「沒有，她才十三歲，還是個孩子呢，再說我也想再留她幾年，哪捨得這麼早就讓她嫁人。」

劉氏心中清楚，這段時間跟她搭話獻殷勤的人不少，話裡話外都是朝喬月去的，原先總是有人打聽要跟她家三郎結親，現在全都把目光放在喬月身上了。

世上無不透風的牆，村裡很多人得知蘇家的這些生意都是喬月想出來的時候，這心思就大了，在他們看來，喬月無疑是一個會生錢的金娃娃。

尤其是現在，她臉上的胎記消失了，小姑娘一天天長開，白白嫩嫩地就像他們家賣的嫩豆腐一般，模樣可愛，說話、做事都很周到，這秋山村怕是沒哪家的小姑娘比她還優秀了。

若是能娶到這樣一個兒媳婦，那後半輩子恐怕只剩下花錢了。

當然，他們也知道現在的蘇家不是好攀上的，所以那些有心結親的人家到處找與蘇家相熟的人去打聽。

許氏今天來也是因為娘家的一個姪子，現下聽劉氏這樣說，心中也明白了幾分，未出口的話徹底吞回了肚子裡，當下便轉移話題說起了別的事。

她們這邊說得開心，那邊摘茶葉的蘇彥之卻有些心不在焉，眼睛時不時地往喬月身上瞟。

他方才一直注意著母親和許家嬸子那邊，見她們有說有笑，還一直盯著喬月，覺得有些不妙。

旁邊的蘇二郎見弟弟走神，笑道：「三郎，你看看你摘的茶葉。」

蘇彥之低頭一看，背簍裡都是被自己摺了好幾把的老葉子，趕緊把那些葉子揀了出來。

「三郎，想什麼呢？這麼入神。」蘇二郎問。

蘇彥之清理完老葉子，面色有些不悅。「二哥，你說娘是不是要給小妹許配人家？」

蘇二郎一愣。「不會吧，小妹還是個孩子呢，再說了，娘肯定捨不得這麼早就給小妹定人家。」

「說的也是。」蘇彥之深以為然的點頭，他很清楚母親對小妹的看重，肯定是他想多了。

「不過這男大當婚，女大當嫁，小妹長得好看又聰明，喜歡她的人家肯定不少，就算現在不能成婚，定下來還是可以的。」

蘇大郎現在也以有這樣一個妹妹感到驕傲，他嘆息著說：「小妹小時候總是跟在我和二弟的身後轉，小豆芽似的，如今也長成大姑娘了。」

蘇二郎點頭同意，想起喬月小時候的模樣，不禁笑了出來。

蘇彥之不愛聽這話，這大半年相處下來，他已經把喬月當做自己的親妹妹，這妹妹溫柔又可愛，還會做好吃的東西給他，一想到小妹很快就要這樣對另外一個男子，他就覺得不高興。

當下他的臉色變得難看起來，哼了一聲道：「咱們村上那些少年有什麼好的，根本配不上小妹。」

蘇大郎思索一下覺得有道理，村上的適齡少年都是在家種地的，沒有什麼一技之長，若是小妹嫁過去，估計還要她來養活一大家子人。

以他們家現在的條件，小妹就是嫁給少爺公子那也是使得的。

蘇大郎兄弟自然覺得自己的小妹是最好的，以後的婚事定要說一家四角齊全的好人家才行。

這樣想著，幾人回到家後，把手中東西一放，將劉氏拉進了屋子裡，他們要好好跟娘說說，可不能隨便答應小妹的婚事。

第四十八章

很快的，秋闈要到了。

這是蘇家最大的事，一大早，劉氏便起床做了一份超級豪華的老母雞湯麵給蘇彥之，接著就和喬月將他送到了書院門口。

今年去閔州趕考的秀才很多，書院便備了車馬帶著學生趕往閔州考場。

洪安縣距離閔州有些路程，院長等人提前兩天就要出發，這時候書院外停滿了馬車，陸陸續續有人送自家秀才過來。

「娘，您和小妹回去吧。」

蘇彥之揹著包袱站在馬車外。

劉氏有些緊張。「三郎，東西可都帶齊了？娘昨天晚上給你的毯子帶上了嗎？」

考試一共三場，每場三天，算下來要在裡面待十來天，夏天雖然溫度高，但夜裡還是有些涼，劉氏早幾個月前就做了一條短兔毛的毯子，就等著這時候用。

劉氏從昨天就開始叮嚀了，比蘇彥之這個趕考的人還要緊張。

蘇彥之無奈一笑。「娘，我都帶了，被子什麼的貢院裡都有。」

劉氏皺眉道：「那些都是敷衍了事的東西，根本沒什麼用，還是娘做的毯子暖和，這天氣說不準，若是遇上下雨，寒氣更重，這毯子用來搭腿也是很好的。」

「我知道了，娘。」

正說著話，周勤也揹著包袱跑了過來。

「大娘，小月妹妹。」周勤打了聲招呼。

「你們好早啊，我差點睡遲了。」他撓撓頭髮有些亂的腦袋，他也是心大，睡得跟往常一樣熟，若不是洪氏叫他，還不知道要睡到什麼時候。

喬月笑著道：「看來這次考試，周大哥肯定很有把握，這才睡得安心。」

「妹妹就別笑話我了。」周勤尷尬道。

喬月抿嘴笑了笑，從隨身的袋子裡拿出一樣東西遞給周勤。「周大哥，這是我給你做的護膝，你帶著備用。」

「給我的？」周勤驚訝地叫了一聲，喜孜孜地接了過去。

這護膝是用羊皮縫製的，上面是灰色的兔毛，摸上去光滑又柔軟。

周勤愛不釋手地摸來摸去。「多謝小月妹妹。」

「周大哥不用客氣。」

見兩人說說笑笑，蘇彥之心中突然冒起了酸水。「小妹，我怎麼沒有護膝？」

喬月扭頭，指了指他的包袱。「娘給你做的毯子又大又好，既能當小蓋被也能做護膝，我就沒做了。」

她說的是實話，劉氏對兒子的科考看得很重，這塊毯子的材料買的是最好的，兔皮毛也選最光滑柔軟的，足足花了八兩銀子縫製起來，都可以頂得上一件小披風了。

既然他已經有了，喬月便沒有再做護膝了，只做了一副送給周勤。

聽她這樣說，蘇彥之頓時被噎住了，有些悶悶地「哦」了一聲，眼睛卻一直盯著周勤手中的護膝。

「噹」的一聲，銅鑼的聲音響起，正在和家人說話的秀才們全都嚴肅起來，和家人寥寥說了幾句，便上了各自的馬車。

「三哥、周大哥，你們路上注意安全！」

蘇彥之和周勤上了馬車，一起乘坐的還有另外兩人，車夫一抖韁繩，馬車緩緩動了起來。

「娘，妳們快回去吧！」蘇彥之撩開窗簾，喊了一聲。

劉氏和喬月揮了揮手，看著馬車漸行漸遠。

接到徐氏死訊的時候，蘇家人正高高興興地準備做中秋的月餅。

「娘，家裡沒有糖了，我出去買一點。」喬月正在和麵，卻見櫃子裡的糖罐子空了，便朝屋內喊了一聲。

劉氏聽見聲音，跑了出來。「天色不早了，娘陪妳一起。」

雖說天還沒黑透，但糖鋪在另一條巷子，劉氏不放心讓喬月出門。

兩人出了門沒走幾步，巷口突然跑來一個穿著獄卒服的人。

兩人見他目不斜視地跑過來，有些疑惑，正欲問，那人氣喘吁吁地停下，掃了眼牆上的牌子，問道：「妳們是徐春菊的家人嗎？」

「是，請問……」

劉氏點頭正要問什麼事，那獄卒道：「徐春菊兩刻鐘前死了，妳們趕快把人接走吧。」獄卒跑得口乾舌燥，好一會兒才順過氣，不管兩人驚詫的表情，擺擺手道：「趕緊去，我走了。」

「哎，等一下！」喬月跟在後面喊了兩聲，那獄卒卻飛快地跑走了。

「這是怎麼回事？上個月蕓娘才去看望過，不是說還好好的嗎？怎麼突然就沒了？」劉氏驚訝地說。

喬月道：「不知道怎麼回事，現在也不是討論這個的時候，我先去通知大哥和蕓娘他們。」

說完，她提著裙襬跑了進去。

片刻後，蕓娘哭喊著從裡面跑了出來，蘇大郎面色難看地牽著驢車、帶著眼圈通紅的小女兒，三人坐上車趕緊往縣衙去了。

第二天，蘇家掛起了白幡，蕓娘與二丫跪在靈堂前哀哀哭泣。

徐氏是與同牢房的人起爭執，被人失手推倒，磕到腦袋沒了命的。

那失手的犯人原就是判了秋後問斬，這一下多了一條人命，縣太爺直接判了三日後問斬，至於賠償，那人孤身一人爛命一條罷了。

雖說徐氏給蘇家帶來了不小的麻煩，但她也得到了應有的懲罰，蘇大郎看著棺材裡平靜躺著的髮妻，眼淚也流了下來。

徐氏雖為蘇家人不喜，但逝者已逝，劉氏也不願再計較什麼，便讓大兒子多花了銀子，把喪事辦得體面一些。

蘇彥之是考完試後的第三天到家的。

「大嫂沒了？」

剛進家門，蘇彥之便只見到面色憔悴的喬月在院裡晾曬東西。

見他回來，喬月並沒有露出太喜悅的神色，叫了一聲後，上前接過他的包袱又倒了水給他，將徐氏的事情說了一遍。

蘇彥之靜靜聽著，末了，嘆了口氣。「這都是命。」

喬月坐在一旁，說道：「大嫂葬在鄉下，喪事辦完後娘讓我先到這裡來，等你回來。」

蘇彥之點點頭，站起身道：「走，咱們現在就回去。」

喬月從院子裡牽出元寶，兩人坐上驢車往秋山村去了。

放榜日是在九月二十八那天。

早上，蘇家人剛送走一波買豆腐、喝豆漿的客人，便見到一隊官兵簇擁著一輛馬車往住宅區走去。

「那是幹什麼呀？出什麼事了嗎？」

「是不是縣太爺出巡？」

街上的行人駐足，紛紛議論起來。

蘇家人也好奇地看著那隊官兵，忽聽隔壁賣魚的老闆道：「這是放榜了吧？前幾日我在州裡的姪子來信說放榜了，給我報喜，現在這榜到了咱們縣裡了吧！」

一聽這話，正在收拾碗筷的蘇家人愣了一下，片刻後，劉氏扔掉手中的抹布，丟下一句「我回去看看」便跑遠了。

蘇二郎立刻對喬月道：「小妹，妳快跟上去看看有沒有人來咱家報喜！」

「知道了。」喬月應了一聲，也往家裡跑去。

兩人氣喘吁吁地跑到家裡，蘇彥之剛從床上起來，正蹲在地上洗臉，見她們急匆匆的模樣，疑惑道：「娘，小妹，妳們這是怎麼了？」

劉氏跺了跺腳，「哎」了一聲。「你怎麼才起來，趕快收拾一下。」說著把院門完全打開。

蘇彥之還有些摸不著頭緒，就聽喬月道：「三哥，放榜的消息來了，方才報喜的人已經出發了。」

報喜的人先從縣裡中榜的開始，按照每位學生登記的居住地址由近及遠開始通知。

聽見這話，蘇彥之也微微緊張起來。

苦讀詩書多年，為的就是每次考試都榜上有名，雖然這次考試他沒有把握能中榜首，但能不能中他還是心中有數的。

看了看自己，蘇彥之趕緊進房將自己打理整齊。

這時，院外響起了馬車的聲音。

第四十九章

蘇彥之毫無懸念的中榜了——閔州第二亞元。

「有勞大人們了。」喬月送人走到門外，從衣袖中掏出一個小布袋塞在那人手中。「大人們辛苦了，這點心意，請大人喝點茶水。」

那人掂了掂手中的分量，眉開眼笑。「哎喲，這是蘇舉人的妹妹吧，早就聽說蘇舉人的妹妹和其兄一樣優秀，真是聞名不如見面！」

今天送的頭一家喜就收到了這麼大的紅包，看著分量起碼有三兩銀子。

那人又看了眼門口掛著的木牌，心道這蘇舉人家會做事，很不錯。

又客氣了幾句，那人帶著官兵又往下一家去了。

「三郎，太好了，嗚嗚……」

屋內，劉氏拉著兒子的衣袖喜極而泣，這麼多年的努力沒有白費，三郎中舉人了！

蘇彥之也很高興，本來還挺鎮定，被劉氏這麼一哭，也覺得非常不容易，眼圈也紅了起來。

喬月進門就看到兩人這樣，連忙上前勸慰。

「娘，這是大喜事，您別哭了，快進屋收拾一下，待會兒肯定有街坊鄰居上門賀喜，您趕緊準備茶水點心吧。」

她這一說，劉氏驀地反應過來，擦了擦眼淚，點頭道：「對對對，趕緊準備茶水點心，要不然該失禮了。」

說完急匆匆往房間去準備點心了。

蘇彥之眼圈發紅，被喬月看得有些不好意思，臉色微紅地背過身去，用手擦了擦眼角。

喬月笑著道：「恭喜三哥！」

蘇彥之「嗯」了一聲，她又道：「我先去通知大哥、二哥他們了，一會兒客人來了，娘一個人該忙不過來了。」說完飛快地離去了。

蘇彥之中舉的消息很快就在附近傳開了，左右鄰居全都拎著禮物上門賀喜，就連與蘇家豆腐坊有生意往來的商家也都備了厚禮上門。

蘇彥之中舉，又是亞元，這還是洪安縣二十年後的又一個前三，就連縣太爺也派人上門賀喜。

好不容易把客人全都送走，已經快到深夜了。

劉氏、趙氏、喬月三個人收拾著桌上和地上的垃圾，廚房裡，蘇大郎和蘇二郎正在收拾碗筷，今天灶臺沒熄過火，燒水、做飯，眾人都樂呵呵的，忙得也開心。

蘇彥之中舉是大事，這幾天都有人陸續上門，有沾喜氣來賀喜的，也有人打著賀喜的旗號來送禮示好的，畢竟連縣太爺都派人來了，那些機靈的人也趕緊上門來拉關係了。而跑得最勤也是最多的，就數媒婆了。

「哎呀，蘇夫人，在用早飯呢！」

蘇家人早飯吃到一半，只見一個穿暗紅色衣裙的婦人滿臉喜色地走了進來。

蘇家人心想，又是媒婆……

劉氏端著笑臉起身招呼。「鄒家嬸子，來裡面坐。」說著把人迎進堂屋側面的小客廳。

喬月見狀，沏了茶水端進去。

鄒媒婆上下打量了喬月一番，不住地誇讚起來。

「這是小月姑娘吧？嘖嘖嘖，好一個標緻的美人兒！」

喬月笑了笑，繞過屏風走進了裡間。

鄒媒婆喝了口茶，開門見山道：「蘇夫人，我的來意想必您也知道，這次我上門來是為縣東邊的孫老爺家來的。」

劉氏露出驚訝的表情，縣東邊的孫家，劉氏自然是知道的。

孫家是縣太爺的親戚，在縣裡做家具的生意，鋪子開了四、五家，家底頗為殷實。

孫老爺的女兒孫慧蘭今年十六歲，是孫老爺的老來子，又是獨生女，很受家人寵愛，錦衣玉食長大，跟千金小姐一般。

見她這表情，鄒媒婆面上露出笑容，說道：「蘇夫人，這可是一門四角齊全的好親事啊，你們家三郎年少成名，樣貌也是一表人才，與孫小姐正般配。」

她極力勸說，這門親事是孫夫人親自上門找她做媒的，若是能成，孫夫人可是許了她五十兩銀子。

劉氏聽她勸說，也有些動心，昨天上門的媒人也不少，但介紹的那些姑娘她都不喜歡，總覺得配不上兒子。

如今在劉氏心裡，蘇彥之的婚事不是隨隨便便就能定下的，明年就是春闈了，若是兒子高中，很有可能會留在京城，這婚事確實要慎重一點。

聽了鄒媒婆的話，劉氏思慮了一會兒，沒有明確拒絕，只道：「婚姻大事還需問過三郎自己才行。」

鄒媒婆知道蘇彥之如今身分不同，並沒有提什麼父母之命之類的話，當即笑道：「那夫人可要好好跟蘇舉人說說。」

說到這裡，她話鋒一轉，又笑道：「蘇夫人，您家小月姑娘如今也十三了，可定了人家？」

一說到女兒身上，劉氏的表情立刻不一樣了。「月兒年紀還小，我想多留她幾年。」

言外之意就是沒定人家。

鄒媒婆有些拿不準她是真的想多留女兒幾年，還是推託之詞，畢竟現在蘇家出了個舉人，這家中未婚的姑娘身價自然不同，那些普通人家只怕他們也瞧不上。

鄒媒婆是知道喬月的，小姑娘小小年紀便展露出做生意的天分，縣裡風靡一時的精油皂據說就是出自她手。還有孫家竹編坊的竹編，這兩年出了不少新奇東西，據說也是喬月的手藝。

她那姪子就是跟她學的，據說縣太爺收到的竹編版「洪安縣縣衙」牌子就是蘇正寶製作的，現在還擺在縣太爺的書房呢。

而蘇家現在的豆腐坊也跟喬月有很大的關係，這樣一個會生金蛋的姑娘，誰家不想要？若不是因為她年紀實在太小，只怕蘇家的門檻早就被踏破了。

想到這裡，鄒媒婆心中也是羨慕不已，怎麼人家的兒子、女兒就這麼有出息呢？瞧瞧自家……唉，離題了。

按下自己的胡思亂想，鄒媒婆面帶笑容試探道：「年紀小不打緊，可以先定下來，如今優秀的男兒可是不好找呢。」

劉氏沒說話，只是臉色有些不好看。

鄒媒婆心想，這樣一個寶貝疙瘩，劉氏肯定不會輕易鬆口。

「蘇夫人，不瞞您說，趙老爺姪子的母親楊夫人到家裡找過我，託我上門來問問您的意思。」

趙老爺正是洪安縣的縣令，他的姪子正是親弟弟的小兒子，而他的弟弟趙志昌正是天文書院的先生。

以趙家的身分，喬月若是嫁進去那是高攀，雖說蘇彥之如今是舉人，但年後能否高中還是未知數。

劉氏想也不想就拒絕。「月兒還小，暫時不考慮她的婚事，實在對不住。」

對於喬月的婚事，劉氏看的比蘇彥之重要多了，畢竟女兒嫁人就不在自己身邊了，若是受了委屈該如何是好？

因而，光男方的人品、性格好還不行，家中父母長輩的性格脾氣都是很重要的，若是碰上一個壞婆母，只怕她會擔心得晚上都睡不好。

一聽劉氏堅定的語氣，鄒媒婆便心中有數了，當下也不再多說，只在心裡可惜了那幾十兩的媒人謝禮。

又說了幾句話，外面又有客人上門，鄒媒婆與劉氏說好三日後再登門，便告辭離去。

吃過午飯，喬月見蘇彥之坐在院子裡的樹蔭下睡覺，轉身回房取來送給蘇彥之的禮物，悄悄走了過去。

正當喬月要跳起來嚇他的時候，蘇彥之冷不防睜開眼睛。

喬月抬手成貓爪狀要嚇他，頓時僵住了，噘起嘴。「三哥，你也太不配合了。」

蘇彥之失笑，抬手擋著太陽。「找我做什麼？」

喬月把懷裡的東西拿出來。「三哥，恭喜你中舉，這是送給你的。」

「送給我的？」蘇彥之激動得瞬間站起了身，眼中滿是喜色。

「這是我送去廟中供奉了七七四十九天的平安符。」

喬月把一個精緻的小香囊遞了過去。

蘇彥之伸手，落在他掌心的還有一支通體瑩白的毛筆。

「這是……」

蘇彥之驚訝地看著手中的毛筆，毛筆是由純玉石製成的，觸手溫潤，不似凡品，筆身上雕刻了兩條栩栩如生的白蛇，頂端還刻了自己的名字。

「三哥，你喜歡嗎？」喬月問。

這支毛筆是她拜託孫老闆從京城訂製的，今年年初就訂了，直到一個月前才收到。這支筆是大師所做，其價格也不菲，足足花了二百多兩。

蘇彥之摩挲著毛筆，又摸了摸平安符，臉上的笑容根本藏不住。「喜歡，我很喜歡，謝謝月兒。」

能收到喬月的禮物已經很驚喜了，沒想到這禮物還是她如此精心準備的。心快要從喉嚨裡跳出來了，蘇彥之的手有些顫抖，他看著面前嬌美可愛的喬月，激動得不知要說什麼，一張臉憋得通紅。

蘇彥之本就不是伶牙俐齒之人，當下又非常緊張，想說的話一籮筐，偏偏不知要如何開口。

「月兒，我……」他剛要說話，便聽見劉氏喊了一聲。

「哎，馬上就來。」喬月應了一聲，轉身跑走了。

蘇彥之看她進了房間，頗有些沮喪地耷拉下來，嘆了口氣，坐回椅子上，把平安符掛在脖子上，摩挲著毛筆，呆坐了一下午。

晚上吃飯的時候，劉氏將鄒媒婆說的事說了一遍。

「三郎，你覺得如何？」

白日她出去打聽了一番，孫家的口碑還不錯，她便問問兒子的意思。

飯桌上的蘇家人都看向蘇彥之，蘇彥之挾菜的手頓了一下，眼神掃了一圈，見喬月也看著自己，渾身緊繃了一下，說道：「娘，兒子還未考取功名，現在不想談這些。」

見他拒絕得果斷，劉氏說道：「其實這兩件事也不衝突啊，你若是有意可以先相看二二。」

蘇彥之搖頭拒絕，不願多說，似乎鐵了心要等春闈後。

蘇大郎說道：「娘，三弟既然不願意那就算了，反正咱家也不缺姑娘相看。」

劉氏見兒子實在不願意，便也作罷。

眾人繼續用飯，劉氏又說：「今日鄒媒婆來還有一件事，有人看上了咱們月兒，想要提親。」

這話猶如炸彈炸得眾人一愣，全都看向喬月。蘇彥之一口湯沒來得及吞下去，被嗆得咳嗽不止。

「三哥，小心點。」喬月坐在他旁邊，給他倒了杯水。

「咳，娘，您答應了？」蘇彥之臉咳得通紅，氣還沒喘勻，趕緊問道。

「是啊，娘，您答應了？那人是哪家的？」蘇大郎也問道。

見他們這樣激動，劉氏笑了一聲，舀了一碗湯，說道：「沒有，月兒還小，暫時不考慮婚事。」

「哦，那就好。」眾人聞言都鬆了口氣。

蘇彥之的一顆心也從嗓子眼落了回去。

喬月倒是沒什麼感覺，她早就跟劉氏說了，婚事要到十八歲以後才會考慮。

入秋之後，雨水就開始多了起來。

天氣冷也黑得早，蘇家豆腐坊早早地便關門了。

吃過晚飯，劉氏叫來眾人，說有事情要說。

「三郎說春闈在二月舉行，他想要早些動身前往京城。」劉氏說著，看著其他兩個兒子。「我打算親自送三郎去京城。」

「啊？」

眾人一驚，蘇大郎趕緊說道：「娘，這怎麼行呢，此去京城路途遙遠，您實在不宜去啊。」

蘇二郎和蘇彥之也點頭，蘇二郎道：「娘，大哥說得對，我們知道您不放心三郎，可這路途實在太遠了，馬上就到冬天了，天氣寒冷，趕路更是辛苦。」

蘇彥之沒想到母親竟然要親自送自己，趕緊阻止。「娘，我可以自己去的。」

見他們拒絕，劉氏不悅地看向蘇彥之。「你從小到大從沒一個人離家遠行過，娘實在不放心。」

「娘，不如我送三弟去吧。」蘇大郎道：「我是大哥，應當照顧弟弟。」

劉氏搖頭。「老大，蕓娘已經開始議親了，你怎麼離得開呢。」

見蘇二郎欲開口，劉氏擺擺手。「老二，你也是，正寶年紀也不小了，上個月剛被鋪子提拔成了管事，事情忙得很，生活上多有照顧不到，你們應該盡快給他安排婚事，尋一個賢慧的姑娘回來照顧他才是。」

一聽劉氏這樣說，蘇二郎的話吞了回去，皺著眉道：「可是……」

蘇彥之見家裡人都擔心他，開口道：「娘、大哥、二哥，我一個人真的可以，況且還有周勤與我一起。」

劉氏還是不放心，去京城的路遙遠，他們兩個男人怎麼知道照顧自己呢？自己的兒子自己知道，蘇彥之的身體雖然養好了，但不注意保暖還是很容易感染風寒，她實在不放心。

「娘，不如讓我陪著三哥去吧！」喬月突然開口提議。

第五十章

劉氏皺眉。「不行，妳一個姑娘家出遠門不安全。」

眾人也都點頭。

喬月安撫道：「娘，沒事的，我能照顧好自己，再說了，還有三哥和周大哥呢。

「娘，老實說，此去京城，一方面是想照顧三哥，另一方面我也想去京城看看，我聽說京城繁華，想去見識見識。」

「可妳是女孩子，不安全。」劉氏還是覺得有點不放心。

喬月道：「這好辦，我可以做男子打扮，就說是三哥的弟弟。」

喬月來這裡這麼久了，一直窩在這個小地方，早就想去外面見識一下了，現在正好有這個外出旅遊的好機會。

蘇二郎知道喬月一向聰慧，見她堅持便沒有再反對。「娘，小妹一向機靈，不會出差錯的。再說了，有小妹在身邊，三弟的吃喝問題也就解決了，這若是不趕巧在外留宿，三弟和周家兄弟怕是連火都生不起來。」

這話一出，眾人都笑了出來。

蘇彥之面露薄紅，佯裝咳嗽掩飾尷尬。

劉氏覺得二兒子說的也有道理，便同意了。

一旁的趙氏突然道：「那豆腐坊怎麼辦？豆腐……」

話還沒說完，蘇二郎趕緊拉了拉她的衣服，他知道妻子是什麼意思，給豆腐點滷水一直都是喬月在做，若是喬月離開了，這豆腐坊不是要關門了嗎？

從心理上來說，蘇二郎也是不願意的，豆腐坊在縣裡是獨一份，每天的生意都好的不得了，他們也賺到了不少錢，如果喬月不想留下滷水方法，他們也不能強求，畢竟這是喬月自己的法子。

劉氏瞪了二兒媳一眼，她覺得趙氏這麼迫不及待問出來就是貪圖滷水方子，心中有些不高興。

趙氏見眾人臉色不好看，意識到是自己太心急了，這個小姑子做事一向穩妥，不會想不到這上面去，自己這一開口，反倒讓家裡人覺得自己貪心想要方子，更甚者是想將豆腐坊據為己有。

面色猛然一白，趙氏倏地站起身，因動作太大，胳膊差點拐到蘇二郎的臉上。

「我、我不是那個意思，我只是……」趙氏緊張地結巴起來，見眾人都看著她，臉都被憋紅了。

「小妹，我真的沒那個意思，我只是、我只是擔心豆腐坊。」說到後來眼圈都紅了。

喬月溫和地笑著起身把趙氏扶坐在板凳上。「二嫂，我知道您的意思，我沒有怪您。」

「小妹……」趙氏擦了擦眼角，放下了心。

喬月走到劉氏身邊坐下。「娘，我已經想好了，豆腐坊就交給二哥和二嫂做，從明天開始我就把點滷水的方法交給二嫂你們。」

「小妹，妳……」最驚訝的是蘇二郎夫婦，他們對視一眼，沒想到喬月竟然要把這麼賺錢的生意直接交給自己。

劉氏皺眉道：「妳可想好了？」

喬月點點頭，肯定地說：「豆腐坊能做得這麼好，也多虧有二哥、二嫂，他們每天天未亮就起床忙活，都是為了豆腐坊。」

趙氏等人滿臉感動，有什麼比被人記住辛勞更讓人心裡熨貼的事呢？

當下她立刻保證道：「小妹，妳放心，二嫂一定死死守住方子，和妳二哥好好經營豆腐坊等妳回來。」

蘇二郎也點頭。「小妹放心，妳永遠是豆腐坊的東家。」

「好，月兒相信你們。」喬月很高興蘇家人能團結一致，把豆腐坊交到二房手中，她是放心的。

除了進京趕考的舉人外，一般百姓要想出城必須到縣衙辦理「路引」。

「路引」是用一種特製的紙張製作的，上面記載持有人的基本訊息，連樣貌、身高都會記錄上去，方便守城人檢查。

又過了三、五天，一切都準備就緒了。

「娘，不用帶這麼多東西。」喬月把劉氏手中的一袋大米搶了下來，有些無奈地指指驢車。「再堆上去就沒地方坐了。」

劉氏擔心他們幾人在路上不方便，衣服、鞋襪、乾糧等物準備了不少，裝了滿滿一車。

蘇彥之也道：「娘，這些東西路上也可以買，東西太多，元寶就跑不動了。」

劉氏皺眉。「那怎麼行，萬一趕不到客棧，你們也好做飯吃啊。」

她嘆了口氣。「此去京城遙遠，最起碼要一個月的時間，這一路上的花費巨大，你們年輕人不知節省，萬一銀子花完了怎麼辦？」

常言「兒行千里母擔憂」，劉氏現在就是這種心情，說起來都是十幾歲的孩子，雖說帶夠了銀兩，但出門去哪都要花錢，不省著點怎麼行？

雖然劉氏是一番苦心，但喬月還是拒絕了。看了一圈，喬月又從車上拿下一堆東西。

「娘，這些都不用帶。」

見女兒堅持，劉氏便沒再說什麼了。

傍晚的時候，周勤和洪氏提著兩個包袱過來了。

「小月，三郎，周勤就麻煩你們多照顧了。」洪氏笑咪咪地道。

周勤一朝中舉，可算是給周家光宗耀祖了，這段時間洪氏出門都覺得腰桿直了很多，他們家在村裡的地位直線上升。

方才他們娘兒倆出門，還被村人塞了不少餅和乾糧，說是讓周勤路上吃。

蘇彥之接過包袱放在驢車上。「嬸子客氣了，我與周勤一起作伴，互相照應。」

洪氏拎著一包點心進屋與劉氏等人打了招呼。

第二天一早，在蘇家人不捨的眼神中，喬月三人坐上驢車，往京城的方向出發。

快到中午，日頭很高，喬月做少年打扮，頭戴草帽，坐在驢車外。

「周勤，趕了一上午了，咱倆交換，你進來休息一會兒。」蘇彥之撩開車簾說道。

周勤回頭看他一眼，笑著說道：「不用了，彥之你歇著吧，我不累。」他聲音輕快爽朗，一點也沒有倦意。

蘇彥之沈默一瞬，看向旁邊的喬月。「月兒，外面曬，妳進來坐著。」

喬月才不想進去悶著呢，前幾日劉氏請人幫驢車改造一番，在上面做了一個棚架，跟馬車差不多。

喬月剛出門的新鮮勁兒還沒過，如今又秋高氣爽，坐在外面吹著微風，看看風景，非常愜意，這可是從來沒有過的新奇體驗。

她扭頭朝蘇彥之笑了笑，露出米粒似的小白牙。「不用了，三哥，外面好舒服，還能看風景呢。」說完扭頭和周勤說著周圍陌生的景致。

蘇彥之看著言笑晏晏的兩人，感覺有些悶。

他放下簾子坐在車廂裡，兩人的嬉笑聲不時從外面傳進耳中。

「周勤，咱們這是到哪兒了？這會兒天熱，不如找個地方休息一下。」忍了又忍，一個人實在坐不住，蘇彥之撩開簾子坐到兩人身後。

周勤還沒回答，一旁的喬月從背包裡拿出一本書，翻了翻說道：「咱們剛出縣，離下一個小鎮還有二十里路。」

這是閔州的地圖，村鎮之間的路程都寫在上面。

周勤指了指前面扛著鋤頭的人道：「前面有人幹活，附近應該有村莊，一會兒咱們去歇歇。」

天還未黑的時候，三人趕到了一處熱鬧的小鎮，找了一家看起來還挺乾淨的客棧住了下來。

交代店小二給元寶餵草料，三人揹起包袱往房間去。

因為喬月外出做少年打扮，為避免麻煩，三人便開了一間兩張床的大房間，好在房間裡有寬大的屏風遮擋，如此也不會太尷尬。

第二天清晨，三人便出發了。晚上不宜趕路，為了加快進程，只能早一點出發。

一轉眼過了五日。

「月兒，妳還好吧，來，喝點水。」蘇彥之見喬月面色蒼白、神情懨懨地靠在車廂裡，倒了杯水遞過去。

從早上開始，喬月便有些不舒服，中午連午飯也沒吃多少。

「有點難受……」喬月接過水喝了幾口，拍了拍胸口，把那股噁心的感覺壓下去。

「是不是生病了？臉色這麼難看。」蘇彥之有些擔心，伸手撥了撥她因汗黏在臉上的髮絲。

「唔……哇！」突然，喬月趴在車廂的窗戶邊吐了起來。

第五十一章

周勤聽見動靜，趕緊停下車子。

「怎麼回事？」周勤見喬月正咳嗽，擔心地問。

蘇彥之溫柔地拍著她的背，皺著眉搖頭。「不知道，月兒早上就有些不舒服，不知道是不是夜裡著了涼。」

「三哥，我沒事。」漱了漱口，喬月喘息著縮回車廂。

她感覺渾身無力，腦袋也暈暈的，一直有反胃的感覺，這感覺很像是……暈車？

對，就是暈車。

喬月從沒坐過這麼久的驢車，剛開始的確新鮮，看風景、住客棧，偶爾趕不上還能野營，鍋碗齊備，炒點野菜和鹹肉，別有一番滋味。

就在喬月覺得這樣簡直是旅行的時候，就開始不適應了。

驢車畢竟不能和現代的汽車、高鐵相比，泥土路坑坑窪窪的，長時間顛簸下來就算車廂內鋪上褥子也還是讓人感覺硌得慌，不管是坐著、躺著，這一天下來，渾身痠痛得不得了。

「還是要看大夫，這樣下去不行。」蘇彥之焦急起來，下了車看看四周，舉目望去皆是山林，村莊是一點影子都沒瞧見。

「我們在此處休息一下吧。」周勤道。

蘇彥之嘆了口氣，又遞水給喬月。

喬月道：「三哥，周大哥，我不是生病，就是有點暈車。」

車子太顛簸了，蘇彥之和周勤除了感覺有些疲累外倒也沒有多大反應，喬月是女孩，身體各方面就要差一點，尤其喬月來這麼長時間也沒吃過什麼苦，這身體實在算不上結實。

荒郊野嶺沒有人家，蘇彥之見喬月小臉慘白，便又鋪了一床被子讓她躺下，自己出去和周勤坐在外面繼續趕路。

因顧及喬月的身體，行駛速度便慢了下來，眼見天都黑了，才堪堪見到人家星火點點。

醫館已經關了門，蘇彥之給了幾十文錢讓店小二送些熱水去房間，又叮囑他明兒一早就請大夫過來。

店小二拿了賞錢，連聲保證離去了。

翌日，大夫來了，說是姑娘家體弱又連日顛簸，這才傷了身體，開了幾副藥便離去。

蘇彥之讓店小二去熬藥，自己在房間陪喬月說話解悶。

吃過午飯，喬月提出要趕路，蘇彥之不同意。

「妳身體還沒恢復，要是在路上病了，連個大夫也找不到。」

周勤喝了口水點點頭。「小月妹妹，妳三哥說得對，這日子還早，不用那麼著急，妳先養好身體才是要緊。」

蘇彥之擔憂地嘆了口氣。「若是娘看到妳這樣，只怕要傷心死了。」

喬月見他們這樣說，便也不再多言，只說休息兩天身體好了就趕路，沒想到，這天說變就變，晚上就下起了雨。

早上剛起床，推開窗戶，外面還在下雨，雨珠落在下面的遮陽棚上發出嘩啦啦的聲響。

喬月住在二樓正對著街面的房間，推開門就能看到熱鬧的集市，只是現在因為下雨，街市上的行人很少，出來買東西的人也都腳步匆匆。

風夾雜著雨絲吹進窗戶，一場秋雨一場涼，喬月只著了單衣，打了個哆嗦，搓了搓胳膊，伸手把窗戶掩上一半。

「月兒，吃早飯去了。」屏風另一邊，蘇彥之喊了一聲。

「來了。」

三人往樓下去，周勤道：「這下雨天也沒法趕路了，咱們要多住上幾日了。」

蘇彥之點點頭，來到一樓尋了個位置坐下。「是啊，雨天路滑，還是等天晴再說。」

喬月招手叫來店小二，要了粥和饅頭並幾碟子小菜。

吃過早飯，蘇彥之和周勤打算回房間看書，喬月表示想去外面逛一逛。

蘇彥之上樓的腳步頓住。「我陪妳去。」
喬月不想打擾他們看書。
「不用了，三哥，我就在街上逛逛，想買點菜回來做。」
休息了幾天，天天清湯寡水的，嘴巴都淡得沒味道了，客棧裡好吃一點的飯菜都很貴，一天下來三個人想要有葷有素最起碼要好幾百文。
喬月帶了不少銀子，倒是吃得起，但蘇彥之說了，他們出門在外要節省點，財不露白比較保險，他們現在已經出了閔州，在陌生的地界上還是低調一點。
楊柳鎮是個還算富裕的小鎮，雖然不大，但最熱鬧的地方就是喬月所在的這條街，所有做生意的都在這裡。
喬月打著傘走了一圈，買了些新鮮的菜，回到客棧的時候衣裙已被泥水弄髒了。
粗略用布巾擦了擦，喬月回房間拿了一些調味品，來到客棧的後廚。
「客官，這裡就是了，您儘管用，要是缺什麼只管來找我。」後廚一個幫工少年帶著喬月來到另一處灶臺。
「多謝小哥。」
這處灶臺比不得前面，露天的小院子裡，上方靠牆的位置是兩口鍋的灶臺，其他地方搭起了一些木架，上面放著一些罐子，看樣子是給人熬藥用的。

這樣的灶臺一般的客棧都有，方便住宿的人使用。

寡淡了好幾天，喬月打算做熱辣辣的火鍋。

鍋灶都是乾淨的，用清水沖洗一下就行了。

起火，把鍋中的水燒開，清洗乾淨的乾辣椒放進鍋中煮軟，再撈出來瀝乾水分剁碎。

豬油是在客棧買來的，現在天氣轉涼，豬油已經凝固成雪白。

她毫不心疼地將半罐豬油倒進鍋中化開，油脂的香味立刻盈滿了後院。

小蔥、洋蔥、蒜瓣和香菜放進油鍋中大火煎炸，基礎的香料油就做好了。

這邊香味勾人，前面大廚房的廚子聞著香味探頭探腦地看，喬月沒有招呼的意思，只把熬香料油的渣撈出來放進陶罐中蓋了起來。

把辣椒碎放進香料油中煮出水分，再加薑末和青紅花椒粉熬煮一刻鐘的時間。

麻辣的香味變得濃郁起來，讓人聞著不禁口舌生津。

剛過早飯，後廚還不忙，店裡的兩個廚子都站在門口看著，幾次想要搭話，卻因喬月一直板著臉而沒好意思開口。

此時，二樓某處廂房。

嚴少白百無聊賴地坐在床前喝茶看書，偶爾往窗外的河流處看。

突然傳來珠簾碰撞的聲響，一個穿著粉色緞子衣裙的女孩走了過來。

「大哥，」嚴婷玉端著小點心走了過來。「這是我讓萍兒出去買的桂花糕，新鮮的，味道很不錯，你嚐嚐。」

她走過來把點心放在桌子上，走到窗前看著窗外的雨勢，眉頭輕蹙道：「這雨不知哪天能停。」

嚴少白收回視線，嘆了一聲，拿起一塊桂花糕，問道：「玉兒，今天中午吃什麼？」

嚴婷玉笑了一聲。「還不是就那幾樣，這客棧環境雖然不錯，但也沒幾樣新鮮菜色。」

聞言，嚴少白更沒興致了，懶懶地丟開手中的書，趴在桌子上跟沒骨頭似的。

嚴婷玉佯怒道：「大哥，咱們是上京準備趕考的，你怎麼就惦記著吃呢！要是爹爹知道了肯定要罵你的。」

嚴少白有一瞬間的心虛，直起身子道：「此去京城路途遙遠，難得有機會出門，當然要嚐嚐各地的美食，也不枉咱們辛苦一場。」

嚴婷玉失笑搖頭，合著這趕考就是為了能吃到各地的美食，她這個大哥實在是嘴饞。

嚴婷玉打趣道：「看你這樣活像在家中沒飯吃似的，要是外人得知堂堂巡撫的大公子這麼嘴饞，肯定要笑話死了。」

這時，她才想起什麼，四下看了一下，奇怪道：「常豐呢？怎麼不在？」常豐是嚴少白的貼身小廝，日日都要隨侍左右。

「我讓他出去找找有沒有什麼好吃的東西了。」嚴少白說道。說起這個他又忍不住嘆氣，之前以為上京的路上能遊山玩水、品嚐美食。沒想到走了兩、三天，什麼新奇的吃食也沒遇到，吃來吃去都是那些老套，甚至有的飯菜比他家裡的還難吃。

嚴少白如此，是因為他不知道，身為巡撫的公子，吃穿用度無一不是當地最好的，他又是個吃貨，什麼新奇的吃食沒吃過，這一路上遇到的不過是普通縣鎮，哪有什麼珍饈美味呢？

「等天放晴，咱們立即啟程，盡快趕到京城，我聽說……咦，這是什麼味道？」嚴少白話還沒說完，便聞到一股麻辣的香味。

他起身探頭出去，只見下面冒出一絲絲煙，那香辣的味道就是從那裡傳出來的。

他眼睛一亮，顧不得再跟妹妹說什麼，一陣風似的往樓下去了。

「大哥！」

嚴婷玉喊了一聲，只聽門甩在牆上的聲音，嚴少白已然不見了蹤影。

真真是個饞嘴的，她搖頭笑了起來。

這邊，喬月把準備好的十幾種香料磨成的粉全都倒進油辣椒中，翻炒片刻後，又倒入兩勺白酒激出香味。

酒香與辣油完美融合在一起，鮮香麻辣中透著酒香，滋味更覺綿長。

站在門口的廚子們再也忍不住，走過來問道：「小哥，你這是做什麼呢？這麼香！」

他們探頭往鍋中看，喬月沒有拒絕，壓低嗓音道：「天氣涼，做點家鄉的味道暖暖身子。」

她聲音壓得低，頭上又戴著布帽，宛如一個正處於變聲期的小少年。

「你這是做辣椒醬？」一個高高胖胖的廚子問。

喬月沒有回答，在火鍋底料做好後，便用大鐵勺將底料全都盛進一個罐子中。

麻利地將鍋子洗乾淨，喬月抱著罐子離開了小廚房。

第五十二章

喬月走到樓梯口的時候正巧碰上急匆匆下來的嚴少白，喬月見他一步好幾個臺階，很自然地讓到一邊，抬頭看去，只見男子身量高眺，面如冠玉，兩人擦身而過時，男子朝喬月手中的罐子看了一眼，頓了一下往廚房去了。

「店家，你們在做什麼好吃的？」嚴少白絲毫沒有豪門子弟的架子，往廚房一站，笑咪咪地問。

廚房的幾個廚子跟嚴少白都熟了，這兩天大少爺已經把他們的壓箱底手藝都掏出來了，就為了吃一口新奇的。

還沒人回答，嚴少白眼神掃了一圈，見灶臺上什麼也沒有，疑惑道：「方才我在樓上聞到熱辣辣的香味，是不是你們藏起來了？」

一個廚子道：「公子，沒有啊，我們還歇著灶呢。」

幾人面面相覷，嚴少白卻覺得是他們不想拿出來，當下便拿出銀子想要買。

另一人突然「哦」了一聲，說道：「公子，方才那味道不是我們師傅做的，是一位住店的客官自己做的。」

嚴少白道：「人呢？」

「那小哥已經做好回房間了，他是用後面的小廚房做的，說是家鄉菜，我們也不清楚。」

嚴少白突然想起在樓梯口遇到的人，急忙轉身回去，此時哪還有人，他失望地在大堂轉了幾圈，找店小二打聽，店小二卻說沒注意到，他嘆了口氣，失望地回了房間。

到了午飯的時候，喬月叫蘇彥之和周勤下樓吃飯，自己抱著罐子先下去了。

午時，正是用飯時間，外面的雨不止，逛街的人少，客棧用飯的人也不多。

喬月挑了一個角落的位置，把油罐子、特製的爐子和雙耳小鐵鍋擺在桌子上，去了一趟廚房，把早上掛在桿子上的菜籃拿下來。

籃子裡裝的是她早上準備好的各種菜，找店家要了一些炭，喬月回到桌邊把爐子燃了起來。

鮮香熱辣的火鍋料在鍋中燒開，咕嘟咕嘟地，香味隨著熱氣在空中飄散，引得周圍的食客頻頻側目。

鍋底都燒開了，還沒見蘇彥之兩人下來，喬月心知兩人應該在討論詩書忘記時間了，抬手把幾種葷菜放進裡面煮，打算叫夥計上樓去喊一聲，剛一抬頭，就見一個白衣男子雙眼發亮地朝這邊走了過來。

嚴少白是被香味勾下來的。
他循著香味來到喬月桌邊，一走近，那股讓人直吞口水的香味更加濃郁。
他打量著桌上的東西，開口道：「小兄弟，你這是什麼菜？」
喬月睞他一眼。「自己做的，大雜燴而已。」
嚴少白點點頭，見喬月從罐子裡舀了一勺紅豔豔的醬料放進鍋子中，那湯汁的顏色變得更加濃郁，當下笑道：「小兄弟，不知這料子能否賣一些給我？」
喬月直接搖頭拒絕。「不行，你我素不相識，若是你吃了有什麼不適，我擔待不起。」
嚴少白有些急了，湊近幾步，從袖中掏出一錠銀子。「小兄弟，賣我一些吧。」他喉結上下滾動，眼睛黏在火鍋上。
「大哥，你在做什麼？」
一道柔美的聲音傳來，嚴婷玉款款下樓，身後跟著一個身材壯碩的男人和一個綠衣丫鬟。
嚴婷玉在樓梯上就看見自家哥哥在纏著一個小少年，走過去一看，臉上露出無奈的表情，原來又是被香味吸引的。
見喬月面色不悅，嚴婷玉溫柔道：「小兄弟，你別怕，我大哥沒有惡意，他只是很喜歡吃。」

喬月面色冷淡，打量了兩人一番，見他們衣著打扮非富即貴，越發不想與這樣的人扯上關係，遂乾脆不說話了。

「周勤，我跟你說，月兒做的火鍋可好吃了，待會兒你吃了保證過癮！」二樓，蘇彥之兩人探討完一篇文章，這才想起要吃午飯，連忙走出房間。

周勤點頭，兩人往樓下走。「那我今天要大飽口福了。」

剛走下樓梯，右側的周勤眼睛一瞟，就見右邊角落處喬月似乎被人圍住了。

「彥之，你快看！」他急忙喊了一聲。

蘇彥之順著他手指的方向看過去，見喬月被四人圍住，臉色一變，撩起衣袍跑了下去。

「四弟，發生什麼事了？」蘇彥之跑了過來，以為喬月被人欺負了。連忙把她護在身後。

「三哥，沒事。」喬月拉了拉他的衣服說道。

周勤也跟著跑了過來。「敢問二位有什麼事？我們是他的哥哥，有什麼事跟我們說就是了。」

見突然出現的兩人面色不善地打量自己，嚴少白拱手道：「在下姓嚴，這是我妹妹，二位兄臺不要激動，在下沒有惡意。」

簡單介紹了一下自己，嚴少白直言道：「在下被令弟做的美食吸引，想要買一些料子而已，並未為難這位小兄弟。」

幾人的目光轉到喬月身上，喬月坦然地點點頭。

蘇彥之兩人放鬆下來，他說道：「這是我弟弟的手藝，她不想賣，你們走吧。」

這時，旁邊的嚴婷玉目光灼灼地盯著蘇彥之，突然說道：「敢問公子可是蘇舉人？」

這話一出，眾人都驚訝起來。

蘇彥之看著她，表情疑惑。「姑娘認識蘇某？」

嚴婷玉柔柔一笑，看向嚴少白。「哥哥，這位就是今年第二名的亞元，蘇彥之。」

說到亞元，嚴少白「哦」了一聲，恍然大悟地用扇子指著蘇彥之道：「就是他啊。」

蘇彥之的名字他聽說過，這次會試，他與蘇彥之的答卷不分上下，兩人所做的文章更是讓幾位主考官難以抉擇。在舉人榜出來後，他也曾聽父親說過這位蘇秀才文采斐然，是位不可多得的有識之士。

聽到向來嚴苛的父親這樣誇讚，嚴少白也對此人產生了好奇心，只是因蘇彥之家不在閔州，故而不得相見。

而嚴婷玉會認識蘇彥之，是因為在考場外接嚴少白回家的時候，碰到過蘇彥之，當時他正和幾個秀才在探討試題，神采飛揚的模樣讓她記了下來。

沒想到他們竟在這裡碰了面。

嚴少白道：「原來是蘇兄，失敬失敬。」

蘇彥之道：「沒想到能在此處遇到嚴兄，失敬。」

幾人正寒暄著，喬月拉了拉蘇彥之的衣服道：「三哥，火鍋可以吃了，既然是相熟之人，不如一塊兒用點吧。」

早就想吃的嚴少白一聽，眼睛一亮，剛剛還端方有禮的模樣瞬間消失，撩起衣袍就坐了下來，笑著道：「多謝蘇小兄弟！」

蘇彥之和周勤互看一眼。確認過眼神，這是個饞嘴的！

多了幾個人，桌上只有一個鍋子顯然是不夠的，喬月招手讓店小二拿了一套小鍋爐過來。

「火鍋料已經燒開了，嚴公子喜歡吃什麼就放進去煮，熟了就可以撈上來吃。」喬月說了一句，把一碟肉片和肉丸推了過去，自己則是把蔬菜放進鍋中燙煮。

嚴少白從沒這樣吃過東西，這吃飯吃菜向來是一人一份，連挾菜的筷子都是公筷，這樣在一個鍋裡吃，卻從沒有過。

嚴少白皺了皺眉，還是受不了香辣的誘惑，把大半食材丟進鍋中。

坐在他身邊的嚴婷玉似乎對蘇彥之比較感興趣，她開口道：「沒想到能在這遇到相熟之人，不知蘇公子你們準備何時出發前往京城？」

蘇彥之把已經煮好的肉丸撈起來放進喬月碗中，說道：「等天晴就出發。」

嚴婷玉又問了幾句，蘇彥之的表情一直是淡淡的，只顧和周勤與喬月說話吃東西，似乎不大想和嚴婷玉說話。

「唔！好辣！好好吃！」嚴少白還是頭一次吃到味道這麼重的食物，幾口菜下肚，被辣得直吸氣。

「妹妹，妳也嚐嚐，味道很好的！」

他說著話，手中的筷子一點沒停，吃菜、燙菜，兩隻手都忙了起來，虧得他左右手都靈活得很。

嚴婷玉點點頭，挾了一點嚐了一下，頓時被辣得舌頭都開始痛了起來，口中的食物想吐不好意思吐，皺眉吞了下去，火辣辣的感覺立刻順著喉嚨下去，旁邊的丫鬟萍兒見狀，趕緊遞上一杯涼水。

嚴少白見妹妹被辣得眼睛紅了，不僅不心疼，還哈哈笑了起來。

這邊喬月聽說他是這次的榜首，心中驚訝的同時，目光放在一旁的嚴婷玉身上，她悄悄問蘇彥之和周勤。「他們就是閔州巡撫的兒子與女兒嗎？」

周勤點點頭。「應該是，雖然沒見過兩人，但榜首是閔州巡撫之子這件事，我與妳三哥都聽夫子說過。」

蘇彥之點頭，表示周勤說的是真的。

喬月「哦」了一聲，看向嚴婷玉的目光變得複雜起來。

她沒想到會碰上這本書的女主，也就是原書中與蘇彥之成親的女子。

嚴家嫡女，容貌傾城，性格溫婉，與新科狀元郎是天造地設的一對。

這句話是書中對嚴婷玉的描寫，因書中主角是蘇彥之，對其他女人的描寫並不多，這位嚴家女也不過是僅僅幾句話的描寫。

喬月本來都已經忘記有這個人了，沒想到他們會在此處碰上。

她記得，原書中嚴婷玉與蘇彥之並不是在進京途中相識的，而是嚴婷玉的父親到了京城後榜下捉婿想要將女兒許給蘇彥之，兩人才認識的。

方才嚴婷玉對蘇彥之的態度她都看在眼中，嚴婷玉顯然已經對蘇彥之起了興趣。

看看容色傾城、身材玲瓏有致的嚴婷玉，再看看容貌俊秀的蘇彥之，兩人的確挺相配的。喬月突然感覺有些不開心，對面前的火鍋也有些提不起興趣了。

「四弟，妳怎麼了？再不吃可沒有了。」周勤拿著筷子在她面前晃了晃。

喬月回過神來，淡淡笑了一下，說道：「我吃飽了，三哥，周大哥，你們慢慢吃。」

說完，放下碗筷往樓上走去了。

「她怎麼了？」蘇彥之敏感地察覺到妹妹不高興了，疑惑地看著周勤。

「不知道。」周勤搖了搖頭。

又過了一日，天總算放晴了，金黃的陽光照射在大地上，雨後的濕氣很快被蒸騰起了白霧，風一吹就散了。

「蘇小兄弟，來嚴大哥這裡坐吧，咱們聊聊天，嚴大哥有事想跟你請教。」趕了半天的路，眾人停下休息，嚴少白從馬車上跳下來，朝喬月幾人走了過來。

「不用了，嚴兄。」蘇彥之對這個天天纏著喬月的嚴少白沒剩多少好感，見他得空就又跑過來，心中更是不高興。

「蘇兄，我又不會吃了你弟弟，只是想與他探討一下昨日的滷雞爪而已。」嚴少白看蘇彥之冷著臉，有些不理解他為什麼一直阻攔他與喬月說話。

他摸摸自己的臉，他長得也不醜啊，又不會嚇到人，蘇彥之幹麼這麼抗拒？

蘇彥之哼了一聲。「我弟弟坐車有些不適應，一路顛簸有些受不住，這會兒躺在車上休息，沒精力與嚴兄說話，還請嚴兄見諒。」

嚴少白一聽喬月有暈車之症，當即說道：「蘇兄，你怎麼不早說，我身邊的常豐頗通醫術，我們從家中也帶了一些藥材，我這就讓常豐過來給小兄弟看看。」

蘇彥之黑了臉。「不用了，我們有藥！」說完轉身上了驢車，催促周勤趕快走。

嚴家馬車上，嚴婷玉說道：「哥哥，你沒看出人家不歡迎你嗎，你還往上湊做什麼？」

她面色不悅，這個哥哥只要遇到美食，什麼大家公子的風範全都沒了。

嚴少白皺著眉，心中思量自己也沒得罪過他們啊，怎麼就這麼遭人嫌棄呢？

不過，他轉頭看向嚴婷玉，興奮地說：「那蘇家小弟的手藝實在是一絕，昨天的滷雞爪和他拿出來的牛肉乾，味道實在太棒了，我從來沒吃過那麼好吃的東西！」

說著，他肚中的饞蟲又被勾起來了。

第五十三章

知道自家兄長向來愛吃，但見到他這樣還是覺得沒眼看，世家公子為了口好吃的，一點架子都沒有，甚至還巴巴地往上貼。

不過……

嚴婷玉腦中浮起蘇彥之那張溫和中帶著淡漠的臉，心跳加快了幾分。

只是，想到蘇彥之對自己那不冷不熱的態度，嚴婷玉眼中閃過失落。

她從未多看過哪個男子，甚至主動搭話，她在蘇彥之眼中沒有見到驚豔、愛慕的表情，有的只是尊敬和疏離，這讓她不禁懷疑起自己的魅力。

他們兄妹倆的諸多心思，蘇彥之不知道，他只是單純有些不喜歡他們而已。嚴少白見空就要纏著喬月，想要蹭喬月的手藝，這暗地裡誰知道他藏了什麼心思。

不怪蘇彥之把人想得黑暗，而是喬月若真是少年也就罷了，可她不是，出門前母親再三交代要他好好照顧妹妹，這嚴少白幾次三番黏過來，實在讓人不放心。

他坐在驢車上撩開簾子往裡看，喬月蜷縮在車廂閉著眼似乎是睡著了，巴掌大的臉上透著熟睡後的紅暈，煞是好看。

喬月自從去掉了臉上的胎記後，容貌與以前相比發生了巨大的改變，經過這大半年的調養，膚色白嫩起來，眼若杏仁，眉似新月，雖做男裝打扮，卻也是一個不折不扣的美少年。

趕車的周勤見蘇彥之表情有異，偏頭看他。「彥之，怎麼了？你似乎有心事。」

「哦，沒什麼。」蘇彥之放下車簾，扭頭看了眼緊跟在後面的嚴家馬車。「這嚴家兄妹似乎有些過於熱情。」

周勤笑了出來，他早就看出來了。「那嚴大少是不是真的愛吃喬月做的菜我不知道，但我很確定那嚴大小姐對你有點意思。」

蘇彥之皺眉。「胡說，我與她才認識，怎麼可能。」

周勤笑著道：「彥之俊朗又文采斐然，嚴大小姐慧眼識珠嘛！」

蘇彥之敲了一下周勤的腦袋。「再亂說，中午不讓你吃飯。」

周勤連忙求饒。

喬月沒有睡著，她縮在薄被裡，右手輕輕揉著肚子。

從剛才開始肚子突然疼了起來，不知道是不是吃錯什麼東西，或是因為天氣轉涼有些著涼的緣故。

行了約莫兩個多時辰，天色漸漸暗了下來，周圍荒無人煙，不知道距離村莊還有多遠。天黑不宜趕路，幸而他們已經上了官道，尋了一下發現路邊有一個草房子，還不算破敗，似乎是專門給過往的路人休息用的。

蘇彥之指了一下那邊，周勤會意，勒了韁繩把元寶往那邊趕去。後面的嚴少白等人也跟了上來，見他們下了車，嚴少白道：「蘇兄，怎麼不趕路了，天快黑了，咱們要盡快趕到村落好借宿啊。」

蘇彥之不大想搭理他，卻還是說道：「天色已晚，這裡荒無人煙再趕路也不安全，我們打算在此過夜。」

嚴少白頗有些不贊同。「你們幾人手無縛雞之力，若是遇上歹人怎麼辦？」

蘇彥之道：「我朝太平盛世，這一路上我從未聽到有關歹人傷人的事情。」

蘇彥之說這番話是有一定道理的，前朝時期草寇山賊眾多，打家劫舍更是平常，後來新皇治國，以雷霆手段將全國各地的賊人全部肅清，發現一起便會重處一起，輕則流放，重則斬首。

在如此嚴酷的刑法下，這百年來幾乎沒有再出現過類似的情況，雖說沒有達到夜不閉戶的程度，卻也差不離了，況且他們是在官道上，幾乎每個鄉鎮之間的官道，夜晚都會有人騎馬巡邏，安全度很高。

嚴少白皺眉思索，看向常豐。「你覺得呢？」

常豐道：「公子，夜晚趕路的確不安全，這裡連一點星火也看不見，前方的道路也不知道好不好走，不如咱們也在此休整，等天亮再出發。」

常豐是嚴少白身邊的全能人才，能文能武還精通醫術和廚藝，常年保護在嚴家兄妹身邊。

嚴少白點點頭，示意常豐去安頓，伸手將馬車中的嚴婷玉扶了下來，又跑到喬月身邊說晚上想要一起吃晚飯，喬月對這個嘴饞的傢伙感到很無奈，便答應下來。

「天色不早了，咱們趕緊生火做飯吧。」蘇彥之見嚴少白跟在喬月身邊問晚上吃什麼，面色有些不悅，說了一聲後，與周勤出去撿柴火了。

「蘇兄，我和你們一起去！」嚴少白喊了一聲，又叮囑常豐留下來保護嚴婷玉，便跑了過去。

喬月走到驢車旁，從車上拿來幾根曬乾的香腸和一串乾香菇。

她用木桶裡的水淘好米裝進砂鍋裡泡上。

很快，三人便抱了一堆乾柴回來。

喬月把洗好的青菜放在一邊，又指揮蘇彥之兩人搬一些石頭過來，壘了一個簡易的灶臺，用來燒水。

「小兄弟，我來幫你。」嚴婷玉帶著丫鬟萍兒走了過去，既然吃人家做的飯，那也不能乾看著，應當幫忙。

有這幾個大老爺們打下手，喬月只要做飯就行了，她搖搖頭。「嚴姑娘去歇著吧，我這裡沒什麼要幫的。」

嚴婷玉笑了笑，沒有走開，站在喬月身邊看她忙活。

另一邊，常豐已經麻利地生起火，石頭灶臺也燃起了火，周勤往大銅壺裡灌了水放在上面燒。

讓常豐砍了比較粗的樹枝在火堆上搭了一個簡易的架子，喬月將兩個砂鍋用鐵絲固定好掛在架子上煮飯。

「三哥，把臘腸和泡好的香菇切一下。」喬月喊了一聲。

「知道了。」蘇彥之應了聲，把裝著配菜的竹籃提了過來。

「蘇兄，臘腸是什麼，我怎麼沒見過？」嚴少白湊到蘇彥之身邊看他切臘腸，好奇地拿起一塊聞了聞，有點臘肉的味道。

他指著臘腸外面的透明膜問了起來，蘇彥之見他沒有纏著喬月，面色平和下來。「這是用豬小腸製作的。」

「啊？」

嚴少白眼睛瞪大，手中的臘腸片掉在地上，蘇彥之眼疾手快地撿起，從水壺裡倒了點水沖洗一下。

「啊，抱歉，我只是太驚訝了。」嚴少白有些不好意思。

蘇彥之能理解，在喬月沒來之前，他們家是從沒吃過豬下水的，一來是因為豬下水沒有油，還要浪費柴燉煮；二來就是味道，內臟等物都有一股特殊的腥臭味，需要用食鹽、鹼和食醋經過幾次翻洗揉搓才能去掉味道。

喬月會做，做出來不僅好吃，還很多花樣，這臘腸就是喬月自己製作的，他吃過，獨有一番風味。

聽蘇彥之說這是豬小腸，饒是吃過很多美食的嚴少白臉色也有些難看起來。豬肉本就不是什麼精貴的食物，他們家多是吃雞鴨魚和羊肉，而這豬內臟就更不用說了，他長這麼大也沒見飯桌上有過。

不知腦中腦補了些什麼，嚴少白臉色難看，喉結還在不停滾動。

蘇彥之見他這副模樣，壓下快要翹起的嘴角。「嚴公子，今天晚上就吃這個了，你若是吃不慣，還是不要勉強了。」

嚴少白沈默好一會兒，默默往自己的馬車邊靠近了。

喬月檢查著砂鍋的情況，米被煮開後立刻把火堆的火弄小，蓋上蓋子開始燜。

小腹還在隱隱作痛，喬月伸手揉了揉，旁邊的嚴婷玉注意到了。

「小兄弟，肚子不舒服嗎？我讓常豐給你看看。」

喬月搖搖頭。「多謝，不用了。」

嚴婷玉被她拒絕，面上也沒有不高興，看著喬月的側臉，跳動的火苗影子落在她臉上，原本瑩白如玉的臉上添了一絲朦朧之色，卻更顯精緻柔美。

嚴婷玉有些若有所思，突然道：「小兄弟與蘇公子並不是親兄弟吧？」

她這話說得肯定，喬月撥動火堆的手一頓，沒有否認地道：「妳怎麼知道的？」

嚴婷玉笑了起來，說道：「兄弟之間多少有些相似，但你們兄弟兩人卻一點相似之處都沒有，就連神似也沒有。」

喬月點點頭。「我是娘收養的。」

嚴婷玉笑容一頓，她沒想到是這個答案，只以為他們是親戚關係。

「抱歉，我失禮了。」

喬月搖了搖頭表示沒什麼。

嚴婷玉看著另一邊的蘇彥之，小聲問道：「你三哥他……成親了嗎？」

喬月心中一動，昏暗的光線下，看不清人的表情，她低頭看著火堆。「沒有，娘給三哥說親，三哥說想要等考取功名之後再說。」

嚴婷玉面露喜色，沒想到蘇彥之這麼有上進心，不由好感倍增。

「三哥，把菜拿過來。」喬月揭開蓋子見米飯已經煮好了，顆顆晶瑩，抬頭朝蘇彥之喊了一聲。

蘇彥之和周勤端著幾個碗走了過來。

蘇彥之切臘腸已經不是第一回了，他喜歡吃，便經常讓喬月做。

揭開砂鍋的蓋子，把臘腸薄片放在邊上，香菇也放進去，蓋上蓋子拿起油壺順著鍋蓋邊淋上一圈香油，這一步是為了讓鍋中的鍋巴更香。

用小火繼續燜，喬月到一邊去準備料汁，香味慢慢從砂鍋裡冒了出來，臘腸獨有的鹹香和香菇的味道完美融合在一起，坐在旁邊的周勤和蘇彥之都控制不住地口舌生津。

「好香！」

坐在馬車旁的嚴少白也聞到了味道，肚子發出咕咕的叫聲，卻在想到蘇彥之說的豬小腸，頓時有些不自在起來。

第五十四章

瞧時間差不多了，喬月把燙過的青菜放在米飯上，準備好的料汁均勻倒在上面，頓時香味更加濃郁，就連一直面無表情的常豐都忍不住動了動鼻子，眼睛瞧了過去。

「吃飯了。」喬月喊了一聲，先盛了一碗給嚴婷玉。

「謝謝。」嚴婷玉道了聲謝，卻沒見到自家兄長，她奇怪地掃了一圈，發現向來愛吃的嚴少白竟沒有過來。

嚴婷玉挑了挑眉。「哥，吃飯了。」

嚴少白見妹妹什麼都不知道的樣子，抬腳走了過來想要跟她說，卻在走近後被煲仔飯的香味勾得眼睛都直了。

「唔，真好吃。」嚴婷玉嚐了一口臘腸，鹹香有嚼勁，每一次嚼動油脂都會在唇齒間流動，好吃的讓人忍不住想要連舌頭都吞下去。

「妹妹，這臘腸……」嚴少白想要告訴妹妹真相，卻見他們都吃得很滿意，話到喉嚨又吞了下去。

「公子，這味道很不錯。」沈默寡言的常豐端著已經吃了一半的碗，疑惑地看著嚴少白。

蘇彥之知道怎麼回事，他忍不住笑了笑，朗聲說道：「嚴公子，你不是一向愛吃嗎，這可是我四弟的拿手美味砂鍋煲仔飯，你不嚐嚐那真是可惜啊！」

幾人都端著碗吃得開心，嚴少白抿著唇糾結了一會兒，還是抵抗不了香味的誘惑，走過去盛了一碗。

煲仔飯最精華的地方就是鍋底的那塊鍋巴，嚴少白見鍋巴金黃流油，便鏟了半塊。

「嚴公子，味道如何？」蘇彥之在一旁問道，在嚴少白抬頭看他的時候挾了一片臘腸放進口中。

嚴少白頓了一下，默默把碗中的臘腸扒拉到一邊，咬了一口酥脆的鍋巴，他眼睛一亮，讚了聲美味後頭也不抬地吃了起來。

兩大鍋煲仔飯，七個人只能吃個七分飽，尤其幾個男人都是會吃的，鍋中一粒米飯都沒剩下。

喬月知道他們沒吃飽，又煮了一大鍋青菜蛋花湯，四個大男人一連兩碗湯下肚，總算吃飽喝足。

安排好守夜的人，他們收拾了一下便各自休息了。

第二天早上，喬月的面色有些蒼白，右手一直揉著發疼的肚子。

「小兄弟，你怎麼會做那麼多好吃的啊，是不是拜了名師學習？」

嚴少白徹底被喬月的手藝征服了，他覺得喬月肯定還會做很多稀奇古怪的美食，他蹲在一旁看著喬月洗碗，問道。

昨天晚上肚子疼了一夜，不知道是怎麼回事，此時喬月也沒什麼精神跟他說話，隨便說了兩句搪塞過去。

這時，嚴少白發現她面色有些不對勁，收起臉上的笑容關心道：「小兄弟，你是不是哪裡不舒服，臉色怎麼這麼難看？」

小腹的疼痛突然加劇，喬月面色更白了，她忍痛搖搖頭。「肚子有點不舒服，可能是著涼了……」

嚴少白嚴肅道：「趕緊回去，我讓常豐給你看看。」

這次喬月沒有拒絕，肚子疼這麼長時間確實有些不對勁。

把鍋碗交給萍兒，喬月站起身與嚴少白往回走。

「小兄弟，這身體不舒服一定要趕……哎！」才走沒幾步，前面的嚴少白聽見身後發出聲響，一回頭便見喬月軟倒在地，已然暈了過去。

「小兄弟！小兄弟醒醒！」嚴少白趕緊將人扶起來，朝休息地大喊幾聲。

「是公子的聲音！」常豐武功高強，聽力也非比尋常，聽見這聲音面色一變，立即飛奔過去。

蘇彥之表情也變了，他知道喬月去那邊洗鍋碗了。

他讓周勤待在原地，撩起衣袍跟著跑了過去。

「月兒！」

剛跑到那處，就見嚴少白懷中抱著雙眼緊閉、不知生死的喬月。

蘇彥之被嚇得面色慘白，跑上前一把奪過喬月，焦急地喊了起來。

三人往休息地走，嚴少白見蘇彥之急得額頭冒汗，嘴唇都顫抖起來，知道他擔憂心焦，連忙道：「蘇兄別擔心，方才常豐已經把過脈了，沒有性命之憂，只是暈過去了。」

三人回到原地，周勤見蘇彥之抱著喬月，也被嚇了一跳，連忙從車廂拿出毯子鋪在地上，幫蘇彥之把喬月放在地上。

「月兒！月兒妳醒醒啊！」蘇彥之輕輕搖了喬月幾下，見她沒反應，伸手掐了掐她的人中。

片刻後，喬月微微睜開了眼睛。

見她醒過來，蘇彥之鬆了口氣，小心地扶起她，接過周勤遞過來的水讓她喝了幾口。

「月兒，妳嚇死三哥了，身體不舒服怎麼不跟我說，妳要是出了什麼事，我怎麼跟娘交代啊！」

蘇彥之眼圈有些發紅，他從未見過喬月這麼虛弱的模樣。

喬月蒼白著臉露出一個微笑。「對不起，讓三哥擔心了。」

身邊的嚴少白開口道：「趕緊讓常豐再給妳把脈看一下，生病不是小事。」方才常豐已經跟他說了喬月是女兒身，驚訝過後，嚴少白很快接受了。

喬月不知道自己的身分只有嚴婷玉和萍兒不知道，還有些擔心暴露身分，但這時已經顧不得了，便伸出手。「常公子，麻煩你了。」

常豐點點頭，坐在地上給喬月把脈。

他之前已經搭過一次脈，知道喬月女扮男裝，這時也沒露出奇怪的表情，只是片刻後，他的臉色變得古怪起來。

「常兄弟，看出什麼了嗎？是生了什麼病？」蘇彥之見他表情不對勁，緊張地問。

「咳！」常豐咳嗽一聲，面色有些為難。

「常豐，怎麼回事？趕緊說啊！」嚴少白很少見他猶豫的模樣，以為喬月得了什麼嚴重的病，催促道。

見好幾雙眼睛都盯著自己，常豐的表情越發不自然了，一雙眼睛不知道往哪裡看才好。

見他這樣，喬月也不禁擔憂起來，以為自己生了重病，她不由出聲。「常公子，瞧出什麼但說無妨。」

雖然這樣說，但常豐還是覺得有些難以啟齒，這種情況他也是第一次遇到，又要當著這麼多人的面說出來，實在是難為情。

就在幾人又催促幾聲後，常豐眼神飄忽地說：「沒什麼大礙，就是來癸水前腹痛的症狀。」這話說得極快，但眾人離得近，都聽得清清楚楚。

癸、癸水?!

喬月的臉頓時僵住了，瞪大眼睛盯著常豐，嘴唇動了幾下，什麼話也說不出來。

不只是她，蘇彥之、嚴少白和周勤也全都僵住了，彷彿被人使了定身術一般。

周圍似乎連空氣都凝滯了。

突然，樹梢幾隻麻雀叫了起來，打破這詭異又尷尬的安靜。

「咳咳咳咳！蘇兄，時辰不早了，我們該趕路了！」嚴少白表情尷尬地丟下一句話，看也不看喬月，飛快地跑走了。

喬月只想找個地縫鑽進去，她完全都沒往這方面想。前世，她的月經到十六歲才來，如今這具身體才十三歲，她實在沒想到啊！

饒是她已經活了兩世，這樣的尷尬也不是頃刻間就能化解的。

蘇彥之雖然也尷尬，但還是顧及妹妹，面色薄紅地扶著喬月站起身。「小妹，我扶妳去車上休息。」

「嗯。」喬月點點頭，眼睛盯著地面，被扶著上了驢車。

周勤雖然一直大大咧咧的，但遇上這種事也不由感覺面皮發熱，他俐落地收拾好東西放在車廂後面，跳上車子，喝了一聲趕著元寶往前跑去。

快到中午的時候，他們終於看到一個小鎮。

喬月下車詢問後，便往針線鋪子奔了過去。

「月妹妹！」

突然，身後傳來一個聲音，喬月轉過頭，只見嚴婷玉急匆匆走了過來。

喬月身分已然暴露，嚴婷玉便大大方方地叫喬月妹妹，她走上前笑著道：「妹妹身子不舒服不宜多動，我去幫妹妹買。」

她表露出善意，喬月也沒拒絕，她肚子還在痛，只想趕緊買完東西回去休息。

她道了聲謝，指了指一邊的醫館，說道：「那就麻煩嚴姊姊了，我去醫館買點藥。」說完往嚴婷玉手中塞了一塊銀子後，往對面的醫館跑去。

半刻鐘後，喬月與嚴婷玉回到了休息的客棧。

回到房間，喬月趕緊著手縫製月事帶，嚴婷玉買的是最好的黑色棉布和棉花。

她正縫製著，聽見屋外有人敲門，開門一看是蘇彥之。

「三哥，有什麼事嗎？」喬月問道。

蘇彥之摸了摸頭。「我去給妳熬藥。」

喬月愣了一下，她沒想到蘇彥之這麼貼心，露出一個笑容，轉身回去拎了一包藥遞到蘇彥之手上。

「麻煩三哥了，謝謝。」

蘇彥之聽她道謝，表情有些不高興。「妳再說這麼見外的話我就生氣了，我們是一家人，我照顧妳是應該的。」

喬月感覺心中暖暖的，原本的一絲尷尬也不見了，她笑咪咪道：「好，我以後不說了。」

蘇彥之這才滿意地點頭，拎著藥包下樓去了。

兩天後，眾人再次出發。

喬月生無可戀地躺在車廂中。

她沒想到在古代來月經會這麼尷尬。

隨著車子的顛簸，一陣陣暖意在身下蔓延，為了防止最尷尬的情況發生，她專門去買了一條黑色的褻褲穿在裡面，下面也墊了一個黑色的墊子。

就這樣，她還得一個時辰就叫停一次驢車，幾次下來這臉皮也變得厚了起來，只要自己不覺得尷尬，尷尬的就是別人。喬月努力給自己做心理建設，不然這尷尬怕是要成為心理陰影了。

為照顧喬月的身體，周勤每日趕車的速度都慢了下來，不管天有沒有黑，總是在遇到村鎮的時候就不走了。

如此又耽誤三、四天的時間，一轉眼進入十月。

經過一個月的時間，一行人終於踏進了京城的地界。

剛到京城，常豐便獨自騎馬往城中去了。

喬月等人在京城外圍尋了一間客棧住了下來。

「蘇兄，不知你們打算在何處落腳？」吃晚飯時，嚴少白問道。

蘇彥之看了看喬月，答道：「暫時還不知，我們在京城有認識的人，等明日進了城聯繫上後再做打算。」

「哦？」嚴少白挑挑眉，沒想到蘇彥之他們在京城還有親戚，不由來了興趣，追問是誰家。

落腳的地方是喬月安排的，蘇彥之並不是很清楚，喬月並沒有隱瞞，說道：「我們與京城『千編萬畫坊』的掌櫃認識。」

嚴少白一聽似乎是間鋪子的名字，便點點頭。「原來如此。」

嚴少白的外祖阮家就在京城，常豐就是進城去府上通知了。

阮家在京城也是赫赫有名，嚴少白有兩個舅舅，一個是吏部侍郎，一個在翰林院任職，都深得陛下器重。

翌日一早，阮家便派馬車來接嚴家兄妹。

「蘇兄，咱們若有機會再碰面，一定讓我作東，咱們好好喝幾杯。」嚴少白為人豪爽，經過半個多月的相處，幾人也成了朋友。

蘇彥之拱手笑著應了。

嚴婷玉看著蘇彥之，似有千言萬語想說，但在接觸到蘇彥之淡淡的表情後，雙眼的神采黯淡下來。

她知道，蘇彥之對自己一點意思也沒有。

淡淡告了別，嚴婷玉收起失落的心情上了馬車。

見馬車走遠，喬月道：「三哥，周大哥，咱們去鋪子看看，盡快找一個落腳的地方。」

蘇彥之點點頭，幾人叫了一輛馬車，與車夫說了地方，車夫滿臉笑著保證送到目的地，一揚馬鞭，「啪」的一聲，馬兒邁步往前跑去。

「千編萬畫坊」位於京城西邊的一條集市，這裡雖然沒有城中心繁華，但到底地處皇城，因此街上也很熱鬧。

約莫半個時辰，馬車停在一處專門停轎馬的地方，喬月幾人下了車，付了車錢，車夫將店鋪位置指給他們看，幾人道了謝徑直往鋪子走去。

第五十五章

這一年千編萬畫坊迅速崛起，在京城小有名氣，喬月幾人往店鋪走去的路上還能看到有姑娘揹著藤編或竹編的包包。

「沒想到京城這麼熱鬧！」

走在蘇彥之身邊的周勤一臉好奇的四處張望，街道兩邊是一家挨一家的店鋪，還有一些擺在地上的小攤子。

小販的吆喝、店老闆熱情的待客聲，還有來來往往人群閒聊的聲音，整個街道非常熱鬧，一眼看過去竟看不到街的盡頭。

蘇彥之眼中也滿是新奇，他微笑著道：「周勤，是不是很想住在這裡？」

周勤點頭。「那是當然，這裡可是天子腳下，誰不想住在這裡。」

「那可就要看年後的會試了，若是能中，到時候在京做個小官，把家裡人都接過來，那才最好。」

蘇彥之語氣充滿美好，周勤也不由跟著幻想起來。

喬月比他們還好奇，蘇彥之和周勤是讀書人，雖然沒見過什麼大世面，到底要保住面子和身分，因此只是觀望和低聲閒聊。

喬月就顧不了這麼多了，她還是第一次見到這樣熱鬧的街市，京城到底是京城，光是店鋪的裝修，從外面看就比沿途見到那些州縣富貴不知多少。

她盯著來來往往的人，見那些人的穿衣打扮明顯比他們好了不少，衣服的做工和款式都很時尚。

看著那些攤子和店鋪，賣的東西都是她沒見過的，不一會兒手中就拎了好幾個小紙包。

蘇彥之和周勤也聊得興起，卻發現喬月不知跑哪去了。

「這丫頭，跑哪去了？」蘇彥之皺著眉，懊惱地拍了一下自己的腦袋。「都怪我說得太入神了，沒看住她。」

他焦急地站在原地四下搜尋，周勤倒沒有他這麼著急，攏了攏衣袖，笑著道：「彥之，你別太擔心了，喬月肯定也覺得太新奇了，這會兒說不定是被什麼好玩的、好吃的給勾走了。」

他說著話，眼角餘光就瞥到熟悉的衣裳，伸手一指。「喏，在那兒買糖葫蘆呢！」

蘇彥之看過去，就見街邊小巷口處，喬月正在同一個老人買糖葫蘆。

蘇彥之放下心來，兩人走到路邊等著，不一會兒就見她舉著糖葫蘆，拎著七、八個小紙包小跑著過來。

周勤看著有意思，用手肘頂了下蘇彥之，努努嘴。「看，這時的小月妹妹才像一個十二、三歲的小姑娘嘛！」

自從認識喬月，她說話、做事如成年人一般周到，讓他們有自慚形穢的感覺。如今看她這般活潑可愛的模樣，倒覺得稀奇。

蘇彥之也有這個想法，喬月是他們家最小的孩子，但卻比他們這幾個哥哥都要聰明，家裡從一貧如洗到現在青磚瓦房，吃喝不愁，都是她出的主意。

她一直忙於家裡的生意，很少出去玩，難得跟著自己出來，還有暈車的毛病，一路上淨遭罪了。

看她笑盈盈地跑過來，蘇彥之也不由露出笑容。

「三哥，周大哥，吃糖葫蘆，可好吃了！」

喬月咬著糖葫蘆含糊不清地說著，將手裡的兩串遞了過去。

每年冬天，糖葫蘆就是最暢銷的街頭小吃，喬月剛過去買的時候只剩一半了。

冰糖又脆又甜，山楂酸甜適中，味道非常好。

蘇彥之和周勤同時搖頭。「妳吃吧，哪有大男人吃這個的。」

喬月也不客氣，收回手開心地往前走去。

千編萬畫坊位於快街尾的位置，雖然位置不大好，但兩間店面裝修豪華，十分惹人注目。

喬月幾人站在門口，見店裡進出的人不少，便站在對面的大樹下等了一會兒。約莫兩盞茶的時間，喬月吃掉最後一串糖葫蘆，見店裡清閒下來，便道：「咱們進去吧。」

今天店裡上架一批新花樣的手套，各家姑娘、丫鬟一大早就來了，忙到現在終於能喘口氣了。

「小掌櫃，您看今天的生意還成吧？」秋娘端著茶碗走到櫃檯前，笑咪咪地問道。

「嗯，還不錯。」說話的是個約莫二十歲左右的青年，他坐在櫃檯後面，像模像樣地翻看著帳本。

他們鋪子雖然位置不好，但每月的收入可不比黃金地段那些店鋪少。

秋娘問道：「方才柳家小姐的貼身侍女來問卡通貓的花樣什麼時候會到貨？」話一出口，鋪子裡幾個小丫頭也圍了過來，七嘴八舌道：「是呀是呀，小掌櫃，咱們鋪子裡什麼時候上新花樣子啊？鋪子裡畫了花樣子的包包都賣完了。」

「還有，咱們店裡的新款書籠什麼時候畫新花樣？掌櫃的今兒個怎麼沒來？」

店裡的小丫頭們個個伶牙俐齒，聲音清脆，問得那青年根本沒有說話的空檔。

領頭的秋娘見青年皺眉，趕緊擺手道：「知道了知道了，小掌櫃會安排的，妳們趕緊去接待顧客，別圍在這裡了。」

秋娘身為鋪子裡的領頭，還是有點威嚴在身的，她一開口，那些小丫頭們全都散開了。

被稱為小掌櫃的青年正要說話，便見到喬月幾人徑直走了過來。

「您好，我是來找你們掌櫃的。」喬月走到兩人面前道明來意。

她雖然沒見過這間鋪子的掌櫃，但因生意上的事，透過縣城的孫老闆倒是來往過幾封書信，還曾互換過畫像，因此也算是熟識。

「請問你們是？」秋娘與小掌櫃互視一眼，開口問。

她打量著三人，覺得很面生，看穿著打扮也不像京城的富貴人家，這開口便要見掌櫃，不知他們什麼來意？

喬月見他們不知道自己，也沒多想，便將身分表明了。

「在來之前，我請孫老闆給你們掌櫃寫過信。」

聽喬月說自己就是鋪子新花樣的創始人，兩人都面露驚訝，但還是保持著懷疑。

小掌櫃名叫吳有江，他仔細看著喬月的臉，半晌說道：「妳胡說，喬姑娘我認識，根本不是妳這模樣。」

這句話倒把喬月聽得愣住了，她摸了摸自己的臉，忽然想起以前臉上有一大塊胎記，且留著齊肩短髮，這一年過去，她的樣貌的確變化很大。

正欲解釋，吳有江不耐煩地揮手。「掌櫃不在，幾位若是不買東西還請離開吧。」

周勤見不得他這囂張的模樣，當即站出來指著他說道：「你什麼意思，難道以為我們是冒充的？」

吳有江很是不屑，上下打量著他一身粗布麻衣，一看就知是極為普通的窮書生，來到京城的地界還敢指手畫腳的。

「來人，把他們趕出去！」

吳有江認定喬月是冒充的，站起身喊了一聲，只見兩個跑堂模樣的人快步走了過來，推搡著把三人往外趕。

「哎，你幹什麼！」喬月也生氣了，朝秋娘道：「你們太過分了！」

「小心！」喬月被推得一個踉蹌差點摔倒，蘇彥之飛快伸手將她扶住，對兩人道：「你們掌櫃不在，你們就是這樣待客的？」

推人的兩名夥計哼了一聲，轉身進了鋪子。

喬月沒想到會遇上這樣的事，站在門口苦笑。「咱們改日再來吧。」

周勤皺眉，整理被拉扯的衣衫。「這小子是誰呀，這麼囂張？」

喬月搖搖頭，她只和吳老闆通過幾封生意上的書信，但是對千編萬畫坊的事卻不了解，因此也不知道。再來，她雖然看過吳老闆的畫像，但黑白畫像不比現代的照片，能認出人就已經很不錯了。

這吳有江雖是吳老闆的兒子，但喬月並沒有看出來。

「算了，咱們回去吧，他們不認識咱們，掌櫃的又不在，不如改日再來。」蘇彥之見喬月髮髻有些散亂，伸手幫她整理了一下。

「謝謝三哥。」喬月道了聲謝，看了店裡一眼，無奈道：「咱們先回去吧。」

店裡，看著三人離開的背影，秋娘有些不確定道：「小掌櫃，你怎麼那麼肯定剛剛那姑娘不是咱們的二掌櫃啊？」

因喬月在店裡有分紅，因而他們便叫喬月二掌櫃。

吳有江端起茶盞喝了口茶，說道：「二掌櫃的畫像我見過，臉上有這麼一大塊胎記，連頭髮都是短的，說實在的，樣貌確實不怎麼樣。剛剛那姑娘雖說不是國色天香，但也清秀漂亮，跟畫像上天差地別，一看就不是。」

秋娘點點頭，不再說話。

回到客棧後，幾人各自回房休息。

第二天中午，蘇彥之與周勤在房間裡看書、寫字，喬月則是拿了紙筆繼續畫還沒完成的花樣子。

一陣敲門聲響起，來人是客棧的夥計。

可除了客棧的夥計，外面還站了好幾個人。為首的中年人滿臉笑容，看相貌正是千編萬畫坊的吳老闆。

「哎喲，是喬姑娘吧，幸會幸會！」吳老闆笑得跟一尊彌勒佛似的，跟喬月打了聲招呼。

喬月認出來人，便請人進屋。

「臭小子，還不快進去向喬姑娘斟茶道歉！」吳老闆伸手拉著兒子的耳朵，又一腳踹在他屁股上，將人踹進房間。

「還有你們兩個，還不快進去給喬姑娘賠罪！」

昨日兩個推人的夥計縮了縮脖子應了聲是，小心翼翼地進了門。

第五十六章

喬月三人坐在桌旁，吳有江在自己老爹的壓迫下，恭恭敬敬給喬月斟茶道歉。

「喬姑娘，這事都是吳某的不是，沒有把事情交代清楚，昨兒個讓您受委屈了。」

吳老闆是真心實意地道歉。

對他們鋪子來說，喬月就是財神爺一般的存在。

一年多前，在洪安縣的表弟送來了竹編和藤編的新產品，甫一推出，他們店裡的收入一下子增高，經過一年的經營，現在鋪子的營收每月都在增加，而且店裡的一些限量產品也是一出現就被搶光。

現在他們不僅做竹編和藤編，還有各種花樣子也深得京中姑娘、小姐們的喜歡，尤其是卡通動物，在京城也很流行。

而這一切都是這個看起來很普通的小姑娘帶來的。

吳老闆知道，喬月就是一塊金子，她的各種奇思妙想可以讓任何一家店為之瘋狂。

自從他們店火起來後，明裡暗裡打聽這些創意來源的人不計其數，甚至有人願意出天價想要將人挖過去。

但吳老闆的口風是無比嚴謹，就連對家人也沒有透露太多訊息，就怕被人鑽了空子將喬月挖走。

喬月也不是得理不饒人的性格，見他們態度誠懇便沒多做計較。

吳老闆見狀，心中的大石頭便放了下來。

他來之前還擔心喬月會不會一氣之下與他們斷了合作，沒想到喬月雖年紀小但心胸卻很寬大，並沒有刁難他們。

氣氛緩和下來，吳老闆從凳子上站起來笑道：「今日吳某特來賠罪，已經在酒樓備了一桌水酒，不知三位可否賞光？」

喬月看向蘇彥之與周勤，見兩人沒有異議，便客氣了幾句，與吳老闆等人一起出了客棧。

一頓飯下來，眾人間的關係也變得十分融洽，吳老闆久經生意場，待人接物的本事自是一流。

飯後，一行人跟著吳老闆往石榴巷走去。

「這裡環境清幽，周圍住的都是本分的人家，離集市也近，採買東西都十分方便。」

幾人到了巷口下了馬車往裡面走，吳老闆在前面帶路，一邊解說。

「房子很大，三位住起來也綽綽有餘。」

喬月邊走邊打量，巷子不算窄，兩邊的房子都是青磚大瓦房，雖不像大富大貴之家，但也比普通人家豪華不少。

巷如其名，這石榴樹幾乎每家都有，現在是冬季，樹木都變得光禿禿的，但地上卻很少見到落葉。

走了一盞茶的工夫，幾人來到一戶大門緊鎖的房屋前。

吳老闆的兒子拿出一串鑰匙上前開門，吳老闆笑著道：「喬姑娘，這裡就是了，請進來看看。」

屋子是四合院的樣式，帶了一個小院子，打掃得很乾淨，推開門看了看家具擺設一應俱全，根本可以直接入住了。

「喬姑娘，您看還滿意嗎？」吳老闆帶他們四處看了看，笑著問喬月。

站在院子裡掃了一圈，這房屋的位置好，環境好，重要的是房屋的新舊程度也十分不錯，看來這吳老闆也是費了心思了。

「很滿意，吳老闆辛苦了。」喬月淡定地道了謝，絲毫沒有從鄉下來的土包子樣，即使這裡的廚房都比他們在老家的房間要大。

蘇彥之和周勤與吳老闆並不熟識，便只在一旁看著喬月與吳老闆客氣寒暄。

周勤把人拉到一邊，低聲問道：「蘇兄，小月妹妹做什麼生意，你了解嗎？」

從客棧見吳老闆等人給喬月賠不是，再到這間精心準備的房屋，看那吳老闆小心到有些討好的表情，周勤快覺得不認識喬月了。

蘇彥之有些尷尬，他在家裡時很少關心家中的大小事，母親與哥哥一直都將他照顧得很好，他只要用功讀書就行，後來小妹讓家裡條件變好，家中蓋了新房、做起了生意，唯一頭疼的銀錢問題便也解決了。

原先他與喬月的關係並沒有多好，對她的事情也甚少了解，只知道喬月搗鼓了一些奇奇怪怪的東西能賣錢，和縣裡合作的竹編他倒是知道，只是具體情況卻是不了解的。

「你看那吳老闆臉上的表情，分明帶著討好。」周勤嘆了口氣，拍了拍蘇彥之的肩膀。「咱們兩個大老爺們竟要一個小姑娘來照顧，真是有點……」

蘇彥之抿了抿嘴，傻子也知道吳老闆如此細心安排，都是因為喬月。而他身為喬月的哥哥沒法照顧妹妹就算了，甚至連妹妹的事情都不了解。

他心中倏地感到煩悶，這幾個月來，他發現喬月身上似乎有很多秘密，她的言行舉止、說話禮節完全不像一個從小生活在鄉下的小姑娘。

與吳老闆這樣的富貴老爺交談也絲毫不露怯，落落大方的模樣像是見慣了世面。

臨行前，母親再三交代他要將妹妹照顧好，現在看來倒是他們一直在受小妹的照顧。

蘇彥之苦笑一聲。「看來，我這個哥哥當的實在是太不合格了。」

周勤看他的表情也不禁苦笑，他知道蘇彥之在想什麼，安慰道：「等你高中當官有了俸祿，就可以把大娘他們接過來享福了。」

蘇彥之「嗯」了一聲，見喬月幾人往門口走去，便也跟了上去。

「喬姑娘，這是鑰匙，您收好，待會兒我讓有江去客棧幫你們把東西搬過來。」吳老闆說完，對自己兒子交代著。

「知道了，爹。」吳有江飛快點頭答應。

喬月道了謝，吳老闆說店中有事便告辭離去，讓喬月他們安頓好，有事去店裡找他。

三人便在家中整理起來。

「三哥，周大哥，吃晚飯了。」

喬月從廚房喊了一聲，在裡屋整理的兩人應了一聲，將手頭的事放下，走出屋子。

「今天有些匆忙，做了些簡單的飯菜將就一下。」喬月把菜端上桌，只有一鍋蘿蔔紅燒肉和兩碟從家裡帶過來的小菜。

雖說是簡單的菜，但因為有肉便也不覺得寒酸，蘇彥之搖搖頭道：「這已經很不錯了，辛苦妳了。」以前家中一年到頭也見不到幾次葷腥，現在天天都能吃到肉，他已經非常滿足了。

「三哥，明天你們打算做什麼？」喬月問。

蘇彥之挾了一塊雪白的蘿蔔咬了一口，蘿蔔軟而不爛，清甜又鮮美。

他看了下周勤，說道：「今日跟吳兄弟打聽了一下，離這裡不遠的地方有先生開書院，專門為進京趕考的學子教學，明日我們打算過去看看。」

讀書是頭等大事，他們趕路了一個多月，一路顛簸，沒怎麼看得了書，眼看離會試越來越近，兩人也不由緊張起來。

這不，今天跟吳有江打聽了一下，吳有江在得知兩人都是舉人後，激動地說明日要親自帶他們去袁先生的書院。

喬月點頭。「那我明日去一趟集市，採買一些家中需要的物品，你們有什麼缺的，我一併買回來。」

兩人都搖了搖頭，周勤有些擔憂道：「這裡人生地不熟，妳一個人去我們有些不放心，不如明日我們陪妳一起吧？」

喬月爽朗一笑。「沒事，我一個人可以的，哥哥們儘管放心就是。」

她語氣自信，周勤聽了便點頭不再說什麼。說實話，周勤對喬月總是有一種莫名的信任，似乎只要是她說沒問題的事，那就一定是沒問題的。

京城的天氣比洪安縣冷得多，第二天天剛亮，周圍住戶家養的大公雞就中氣十足地叫了起來。

喬月醒來後又在被子裡縮了一會兒，起床穿著厚實的棉衣，呵著白煙去廚房忙開了。

蘇彥之住在喬月隔壁，他一向淺眠，聽見動靜便也起床了。

「三哥，你怎麼起來了，怎麼不多睡一會兒？」喬月正在和麵，見蘇彥之進來打水漱洗，問道。

「起來看看有沒有什麼能幫忙的。」蘇彥之微微一笑，擰乾熱毛巾將臉上的水擦去。

他雖然不常做家務，但也不是那種嘴上掛著「君子遠庖廚」之人，喬月還是個小姑娘，天寒地凍起床燒火做飯，他這個大老爺們如何能心安理得地享受。

喬月也沒客氣，點點頭，便指揮他去灶下燒火煮粥。

喬月趕著驢車出門的時候，太陽已經昇了起來，金黃的陽光灑在身上暖洋洋的，很是舒服。

昨天跑了兩趟，她已經記住了去千編萬畫坊的路，一路上欣賞著繁華的京城一角，慢悠悠地趕著元寶過去了。

「喬姑娘，您來了！」

剛到店門口，店裡眼尖的小姑娘立刻稟告吳老闆，吳老闆滿臉笑意地迎了出來。

把元寶交給店裡的夥計牽到一旁，喬月笑著回應，走進鋪子裡。

「喬姑娘，您看咱們鋪子還行吧？」

吳老闆帶著喬月在店裡走了一圈，今天天氣好，陽光充足，出來逛街的人不少，店裡已經有不少人了，接待的小姑娘們一個個伶俐地在一旁介紹。

喬月跟著他在店裡轉，說道：「吳老闆，您叫我小月就行了。」

「哎，好，那小月妳就叫我吳叔吧！」吳老闆笑得臉上開花。

「好，吳叔。」

逛了一圈，喬月見店裡的商品種類繁多，有雅有俗，與現代的精品店有些相似，公子、小姐們常使的東西這裡都有。

「店家，這個書籠怎麼賣？」一個書生模樣的青年提著一個靛青色竹林圖案的書籠，問道。

「公子若喜歡，十五兩銀子。」吳老闆的兒子吳有江很有眼力見的迎了上去，這兩天他被親爹好好教訓了一頓，背上現在還疼得慌。

「這麼貴！」那書生睜大了眼睛。「這書籠也沒什麼奇特之處，我老家只賣五兩，京城的東西也太貴了吧！」

吳有江從他手中接過書籠，打開上面的蓋子，介紹道：「公子，我們店裡的東西您放心，絕對不會坑騙顧客，您看看書籠的內裡，用的是最好的防水料子，細膩柔軟又耐用，就算下大雨，裡面的書籍、紙張也不會淋濕。」

那書生看著，又被他一連串介紹說得動了心，最後走的時候不僅買了書籠，還買了其他幾樣小物件，肉痛地付了二十兩才走出店門。

吳老闆與喬月坐在櫃檯後面，見狀，吳老闆滿意地點點頭。

喬月今天來帶了東西，她將背包取了下來，從裡面拿出一疊紙放在櫃檯上。「吳叔，這是新款的花樣子，有頭花的、服飾的和絹帕的，您看看。」

吳老闆見狀大喜，趕緊拿起來一張張看著，口中不住地讚揚道：「早就聽我那表弟說過小月姑娘聰慧過人，這金點子一個接一個，能與姑娘合作，是我們的福氣啊！」

讚美的客氣話不要錢，吳老闆說了一長串，直把喬月誇得天上有、地上無，最後搞得喬月都不好意思了。

「小月姑娘，這是咱們店裡近三個月的帳本，您看看。」吳老闆打開一個鎖住的小櫃子，從裡面拿出一本厚厚的帳本。

帳本是店裡最重要的東西，吳老闆這麼輕易就拿出來給喬月這個十幾歲的小姑娘看，其實心中是有過考量的。

或許之前，他動過拿假帳本糊弄喬月的心思，畢竟是個小姑娘，能知道什麼。

但在與喬月接觸後，他知道這個小姑娘遠比書信中表現出來的更加聰慧有見識，再加上跟她一起來的那兩人是進京趕考的舉子，他已經收到洪安縣的來信了，知道蘇彥之與周勤的實力。

若是他們兩人高中，那憑他與喬月之間的合作關係，這可就是現成的靠山啊！有兩位官老爺的照拂，他再蠢也知道要好好維護他們之間的合作，絕不能得罪喬月這個財神爺和她身後的兩位大佛。

「今天就不看帳本了，改日吧，剛安頓好，家裡還一團亂，一會兒還有點事。」喬月搖搖頭。

兩人正說著話，突然聽見門口傳來吵鬧的聲音。

「大娘，我們店裡不收人了，您去別處看看吧。」門口，一個穿著普通的婦人指著門上掛著的招工牌子，插著腰道：「放屁！不招人？剛剛走掉的那個小子，你不是讓他明天來上工嗎？」

那婦人一副尖酸刻薄的模樣，說起話來也是粗俗不堪。

店裡的夥計面色難看，語氣也硬了起來。「我們店裡招滿了，不要人了！」

說罷，指著站在婦人旁邊的少年，語氣不善地說：「我們店裡招人是有講究的，妳看看他跟個要飯的臭乞丐似的，誰要啊！」

那少年低垂著頭，身上衣衫單薄不說，還破了好幾個洞，頭髮有些亂，腳上的鞋子也破爛不堪，身形瘦弱，看上去不過十二、三歲，聽見夥計說他像臭乞丐，頭不由低得更厲害了。

一聽夥計不要人，那婦人登時面色就變了，回身一把揪住那少年的耳朵，啪啪兩個耳光甩上去，口中罵道：「沒人要的小雜種！要你有什麼用，每天吃老娘的喝老娘的，還跟個癩皮狗一樣死賴著不走，現在賣你都沒人要！」

少年被打得渾身顫抖，卻沒有發出一點聲音。

突然，少年被婦人推了一把，已經整整一天沒吃任何東西，少年早就餓得頭昏眼花，一個沒站穩跌倒在地，臉頰被地上的小石塊劃出了一道口子。

「哎哎，妳幹什麼！要打人回家打，別在我們店門口妨礙生意！」夥計見她踢踹咒罵不止，連忙喝道。

「小雜種！廢物一個，賣了都沒人要，不如死了算了，省得拖累老娘！」婦人還在辱罵，尖尖的厚底鞋狠狠踢在少年身上。

少年蜷縮著身子一聲不吭，凌亂的頭髮遮住了他的表情。

「住手！妳想打死人嗎？」一聲怒喝，喬月柳眉倒豎，氣沖沖地走了出來。

第五十七章

這邊的動靜已經引來不少人圍觀，眾人圍成一圈，對兩人指指點點。

「這不是城外江家的小子嗎？嘖嘖，也是可憐。」一個拎著籃子的婦人搖頭道。

旁邊的人立刻追問。「這孩子是親生的嗎？」

那婦人道：「不是，我娘家就離他們家不遠，這孩子是他父親前妻生的，這孩子也可憐，三、四歲的時候親娘就沒了，俗話說得好，有後娘就有後爹。唉，可憐啊！」

喬月一聲怒喝，那婦人下意識停下動作，眾人都看向喬月。

「妳怎麼這樣打他？就算他不是妳親生的，到底叫妳一聲娘，妳怎麼下這麼重的手？」

喬月看著覺得很不忍心，自從她來到古代，身邊的人都還算和善，這樣的毒婦還沒遇過，這少年這般瘦弱可憐，這女人怎麼下得了手？

喬月來到那少年身邊，伸手想將他扶起來，可當喬月觸碰到他的時候，少年猛然瑟縮了下，因為扯到身上痛處痛呼出聲。

手掌下的肩膀骨瘦如柴，人也輕得不可思議，不難想像他的日子過得多麼苦，尤其這寒冷的冬天，他卻衣衫單薄，這瘦弱的身體竟還撐住了。

「你還好嗎？」喬月柔聲問。

少年沒有說話，只微微點了點頭，似乎對喬月的觸碰感到很不舒服，微微掙扎著往後移了移。

「喲，哪來的黃毛丫頭，教訓起老娘來了？」那婦人雙手插腰，繼續道：「我管教我兒子，礙著妳什麼事了？」

喬月站了起來，周圍人說的話她已經聽到了，對少年的情況也知道了，繼母虐待孩子嘛，不是什麼稀奇事，但在喬月的生活中還是頭一次碰到。

她知道這婦人吝嗇難纏，不欲與她多廢話，直言道：「妳方才要賣人？十兩銀子，我買了。」

「哇！」

周圍人不由驚嘆，紛紛打量喬月，見她衣著普通，不像是富家小姐，竟如此大方。十兩銀子雖然不是大錢，但對普通人家來說已經不少了，眾人又議論起來，暗猜喬月的身分。

那婦人見喬月要買人，頓時露出笑臉。「啊，姑娘要買他，十五兩銀子就行了。」

「十五兩？妳方才不是說十兩嗎？」喬月瞪大眼睛，沒想到這婦人竟然坐地起價。

婦人笑著道：「那是剛才，姑娘若可憐他有心要買就十五兩，咱們立即簽賣身契，否則免談。」說完走過去又踢了少年一腳。

喬月咬了咬牙，正要答應，吳老闆走了過來，對婦人說道：「娘子看著面熟，可是江老實家的？」

婦人看著他，點頭。「是我。吳老闆有事？你們鋪子也要買他？十五兩，一文不還。」

婦人看出來了，喬月心地善良，定是要將人買下來，那這價格可不得加上一點嘛！

吳老闆哼了一聲，周圍人的議論他都聽到了，他認識這婦人的丈夫江老實，名字雖然老實，但人可不老實。

今年六月，他渾身只著一條褻褲被人追打，還是自己幫他躲避的，當時聽信江老實編的淒慘謊話，還借給他二十兩銀子，後來得知他是個好賭之人，找了近一個月也沒找到人，吳老闆氣得好幾天都沒睡好。

「妳丈夫江老實還欠我二十兩銀子沒還，妳今兒個既然來了，趕緊還我吧。」

「什麼！」婦人驚呼一聲，瞪大眼睛嚷嚷道：「干我什麼事！又不是我找你借的！」話一出口，她迅速鎮定下來。「不是我找你借的，不關我的事，要買人就趕緊拿錢，我還有事等著回家呢。」

吳老闆道：「欠債還錢，天經地義，我這裡還留著借據，妳若不還，還是跟我去一趟衙門吧。」說著使了個眼色，鋪子裡的幾個夥計便圍了上來。

一看這情況，婦人頓時急了，暗暗把自己男人罵了個狗血淋頭，心慌道：「別別別，吳老闆，咱們有事好商量！」

說著看了眼地上的少年，說道：「這小雜種給你們，但你要把借條給我。」

吳老闆道：「這人十五兩，妳男人欠我二十兩，還有五兩銀子妳要補上。」

婦人沒想到今兒個本是要把這小雜種給賣了，結果一文錢賺不到不說，還要倒貼，當即氣得渾身發抖，往地上一坐，耍起了無賴，號哭道：「我沒銀子，我哪來銀子啊！江老實，你可把老娘害苦了！」

她一邊罵一邊哭，整個人像瘋了一般。

吳老闆皺眉，見圍觀的人越來越多，只得道：「別嚎了，把人留下，妳走吧。」說著讓人去鋪子裡取來一張紙，丟在婦人面前。

婦人撿起地上的紙直接揣進兜裡，麻利地從地上爬起來，衝少年說道：「小雜種，老娘白養你了！」說完撥開人群，一溜煙跑了。

見沒熱鬧可看，眾人也都散去了。

吳老闆讓夥計把少年帶進鋪子後面的房間，又吩咐人打點水幫他處理身上的傷口。

喬月謝過吳老闆後，從身上拿出十五兩銀票遞給吳老闆，卻被吳老闆拒絕了。

過了一會兒，少年被夥計帶了出來，他仍舊低著頭，看不清臉上的表情。

吳老闆見他這乞丐模樣，皺了皺眉，對喬月道：「這少年就留在我這裡吧，做個跑腿打雜的。」

喬月覺得他能留在這裡工作也好，便點了點頭，準備告辭走人，沒想到那一直呆愣愣的少年突然幾步跟在喬月後面往外走。

「哎哎，你站住，你要到哪裡去？」夥計見狀，連忙上前拉住少年。

「我要跟她走，是她買下我的。」少年終於開口，聲音有些嘶啞。

喬月轉身看著他，少年微微抬頭，凌亂的髮絲落在臉上，一雙烏黑清亮的眼眸正定定地看著喬月，腳下生了根似的，夥計拉了好幾下也沒動。

喬月沒想到少年要跟著自己，她看向吳老闆，吳老闆笑著道：「既然他想跟著妳，那妳就帶回去吧，給妳哥哥們做個書僮也是不錯的。」

喬月也是這個想法，點點頭對少年道：「那你跟我走吧。」

出了門，喬月帶著少年去了成衣鋪子。

「呃……我還不知道你叫什麼名字？」喬月拿著衣裳想問少年喜不喜歡。

「江元，我叫江元。」少年說道。

「哦，那我叫你阿元可以嗎？」

江元點點頭。

「這套衣裳怎麼樣？你看看喜不喜歡，還有這鞋子，你要不要試一下？」喬月帶著他在偌大的鋪子裡走來走去，鋪子裡的人見江元這模樣，不由皺眉嫌棄，紛紛遠離兩人。

江元感覺到眾人的視線，難堪地想要逃離，可前面給他選衣服的喬月彷彿什麼也沒感覺到，只笑盈盈地問他這個合不合適、那個喜不喜歡。

「都可以，我到外面等妳。」江元丟下一句，趕緊轉身跑了出去。

「哎！」喬月看他這樣便也沒有勉強，快速拿了幾套衣裳、鞋子付了錢便出去了。

在集市逛了一圈，把需要的東西都買齊了，喬月駕著元寶，帶著滿車的東西和江元回到了住處。

「阿元，你先去洗洗澡把衣服換上，大冷天的別凍壞了。」

喬月指了指院子裡的陶爐，那是她早上出門前燒的，是一整天的吃喝用水，現下正好給江元用。

江元抱著喬月塞給他的新衣裳、新鞋襪，有些愣怔地站在原地。

「我是妳買回來的奴僕，妳不必如此。」他的手指攥緊，不解為何喬月對他這麼好，他只是她買來的一個僕人不是嗎？

喬月擺擺手，說道：「什麼奴僕不奴僕，以後再說吧。」

買賣人口在古代雖然很稀鬆平常，甚至有專門的奴隸市場，但喬月還是覺得很不適應，她買江元是同情他，但並沒有要將他當作奴隸的想法，頂多算是家裡的幫手罷了。

「快去吧，別愣著了，水該涼了，我去給你找點跌打損傷的藥來。」喬月說著往小倉庫走去，那裡擺放著家裡的生活用品等物。

臨近傍晚的時候，蘇彥之和周勤從書院趕了回來，兩人一路討論今日學到的東西，快到家門口的時候，卻隱約聽見裡面傳來的說笑聲。

「家裡來人了？」周勤疑惑地看向蘇彥之。

他們才來幾天，怎麼會有人上門？難道是鄰居？

兩人進了門，映入眼簾的是喬月正在院子裡做手擀麵。

這倒是很平常，可讓兩人沈默的是，喬月身旁站著一個十幾歲的少年，正在幫喬月打下手。

兩人互視一眼沒有說話，喬月見他們進來，笑著招呼一聲。「三哥，周大哥，你們回來了。」

蘇彥之「嗯」了一聲，看向江元，問道：「月兒，這位是？」

江元抬頭看向兩人，白淨的臉上閃過一抹緊張，手中的麵團被捏得變了形，他聲音微顫地喊了一聲。「公、公子好。」

原本衣著髒亂宛如乞丐的少年已經不見，面前的江元穿著嶄新的棉襖，頭髮整齊地束在頭頂，露出一張還算白淨的臉，只是右邊臉頰被劃了一道口子，傷口附近還有些紅腫。

他有些緊張地站在桌旁，不由自主地低下頭任人打量。

喬月把蘇彥之和周勤叫到一旁，把今天的事簡單說了一遍，末了說道：「買人什麼的確實是大事，我沒跟你們商量就擅自做主了。」

她有些不好意思，蘇彥之摸了摸她的頭髮說道：「事已至此，留下他也沒什麼，咱們家也不缺這一口飯，有他陪著妳，我和周勤不在家的時候也放心些。」

「嗯嗯，對，今天我們在書院，彥之念叨了妳好幾次，擔心的不得了。」周勤一下子全說了出來，蘇彥之表情一僵，臉上頓時感覺有些發燙。

喬月愣了一下，看向蘇彥之。

蘇彥之握拳抵住唇，咳嗽一聲。「……畢竟咱們是初來乍到。」他眼神有些游移地看向江元。「以後有江元跟著妳，三哥便放心了。」

喬月點點頭，說道：「哥哥們讀了一天書也累了，趕緊去休息一下吧，一會兒就下麵條吃。」

「嗯，好。」

第五十八章

江元從小生活艱難，父親染上賭博的毛病，繼母把生活中的怨氣出在他身上，三天兩頭不是打罵就是讓他挨餓，這些年他在家裡過的日子比乞丐還要艱難。

在厚實棉被的包裹下，被窩裡溫暖得讓人一點也不想動，聞著被子散發的皂角香味，直到現在他還有種恍如作夢的感覺。那天跟著喬月回來，是他做的最正確的決定了。

院子裡響起了嘹亮的打鳴聲，江元轉頭看向窗戶，天已經要亮了。

「吱呀」的聲音響起，江元知道蘇彥之和周勤起床準備去書院了。

他立刻也起來了。

早餐很簡單，喬月準備做雞蛋麵。

「阿元，怎麼起這麼早？早飯還沒好呢。」喬月正在擀麵皮，見江元走了進來問道。

「嗯，我來幫忙。」江元話不多，對廚房的活計卻很熟悉，應了一聲，便去灶臺邊看了看，把鍋中已經沸騰的熱水打進銅壺裡，又麻利地生起火，把銅壺放在小爐子上面保溫。

屋子裡的讀書聲響了起來，這是每天必做的，蘇彥之說清晨溫習一遍功課，有助於加深記憶，因而他們每天都會早起背誦文章。

江元做事很有眼力見，見喬月把麵條下了鍋，趕緊到外面的小倉庫拿了一把青菜去井邊清洗。

不一會兒，熱氣騰騰的麵條就出鍋了。

臨近年關，家家戶戶都開始準備年貨。

喬月帶著江元把家中裡裡外外都打掃得一塵不染，好在房子在搬進來的時候就打掃過，因而也沒費什麼力氣，擔心年關會有雨雪天氣，喬月便把床單、被罩都清洗了一遍，棉襖、棉被也全都拿出來曬。

有了江元的幫助，喬月的活兒輕鬆很多，別看江元年紀小，但力氣卻不小，許是因為常年幹粗活，他雖身體瘦弱卻有一把力氣，對喬月來說清洗被罩是最困難的活，純棉的被罩浸了水變得沈重無比，有江元幫忙，便輕鬆了不少。

臘月二十七這天，眼看著天空變得陰沈起來，喬月打算去集市上買些能存放的糧食回來。

「阿元，你把那兩把雨傘帶上，一會兒咱們送到書院去。」喬月在院子裡整理驢車，朝屋裡喊了一聲。

「知道了！」

另一邊，秋山村。

「老二家的，今兒個天氣不好，一會兒怕是要下大雪，趕緊把東西收了，咱們回去了。」

劉氏看著天空飄下的小雪花和陰沈到彷彿入夜的天空，回頭對趙氏說道。

「哎，知道了，娘。」趙氏應了一聲，俐落地把最後兩塊豆腐遞到來人帶過來的盆中。

「牛叔，您拿好，地上滑，您回去可得小心點。」

牛叔「哎」了一聲點了點頭，端著盆子走遠了。

「娘，明兒就是二十九了，咱們不來了吧？」趙氏收拾著擺在店外的東西。

劉氏把二大盆碗筷用清水過了一遍，一個個整齊地擺放在木桶裡，她擰乾布巾把水倒掉，說道：「不來了，後天就是年三十了，家裡到現在都還沒收拾。」

劉氏站起身揉了揉腰，趙氏見狀，趕緊上前接過她手裡的木桶。「娘，小心點，先坐著休息一會兒。」

「唉！」劉氏嘆了口氣，自從臘月以來，他們的生意變得更加忙碌，每天天不亮就要起床準備，一邊做一邊賣，著實累得不輕。

回到家後，劉氏端著一個碗對趙氏道：「妳把這個給妳娘家送去，讓他們過年添一碗菜。」

趙氏面色一喜。「謝謝娘！」說著，解下身上的圍裙端著碗出門了。

今年的年夜飯異常豐盛，除了雞鴨魚肉外，蘇大郎還專門跑了一趟碼頭，買了不少新鮮的黃鱔、甲魚等平時根本捨不得吃的東西。

「娘，嚐嚐看味道怎麼樣？」年夜飯是趙氏和蕓娘掌勺製作的。「這些東西我也沒做過，不知道做的好不好吃？」

趙氏坐在蘇二郎旁邊，說道：「若是小妹在，肯定能做得非常美味。」

劉氏嚐了一口，點點頭贊同道：「月兒手藝好、點子多，做出來的菜也好吃。」她面上帶了些落寞的神色。「不知道他們在京城怎麼樣？」

見老娘又有些低落，蘇大郎兄弟倆對視一眼，蘇二郎挾了一個燉得軟爛的大雞腿給劉氏。「娘，您就別擔心了，前幾天三郎不是來信了嗎？他們很好，年後三郎就要準備考試了，說等他穩定了，就把您接去京城享清福。」

蘇大郎點頭接話道：「是啊，娘，您就別擔心了，三郎和周家兄弟可都是舉人老爺，見多識廣，能出什麼事？再說了，不還有小妹嘛，小妹那麼聰明。」

「是啊，娘，您就把心放回肚子裡，等著上面來人報喜吧，您以後就是官家老夫人了！」趙氏笑呵呵道。

被他們這樣一開解，劉氏的心情也好了起來，提起筷子招呼道：「對對對，你們說的不錯，大過年的，咱們要高興一點，吃菜，都吃菜！」

眾人都笑開了，紛紛提筷吃著平日嚐不到的好菜。

大雪從年三十一直下到了初三，幾寸厚的雪讓人根本沒法出門。

常言道雪後寒，這話一點不假，雪雖然停了，但因氣溫比較低，每日一開門，那呼呼冷風颳過臉龐，彷彿被刀割一般難受。

有的人家就難過了，家中存糧不多，這樣的天氣又無法出門採買，便只能在家中一天三頓吃稀飯混個飽。

咚咚咚！

蘇家的門被敲響，坐在窗下烤火的劉氏幾人對視一眼，不知是誰冰天雪地的日子過來了？

趙氏道：「我去開門。」

門一開，寒風夾雜著細小的雪花迎面而來，趙氏打了個哆嗦，見門外站著的人，驚訝道：「尤三姨，您怎麼來了？」

門外站著的正是遠近馳名的媒婆尤三姨，她穿著喜慶的紫紅色棉襖，髮間別著一朵大紅色絹花，手中提著一個蓋了紅布的籃子，笑咪咪道：「趙娘子新年好啊！」一邊說著，抬腳進了門。

「小芳，是誰來了？」側屋內的劉氏聽見說話聲，喊了一聲。

趙氏還沒回答，尤三姨笑著走過去。「老姊姊，是我，來給您拜年了。」

尤三姨往側屋走去，撩開門簾，剛抬腳進去，一股恍如春天的溫暖瞬間趕走了她周身的寒氣。

尤三姨微訝，眼睛落在那盆燒得紅火的炭盆上，心中對蘇家的富貴又有了新的認識。

這種天氣，普通人家為了禦寒，多半是縮在床上，就算是燒炭取暖，也不過是燒普通柴炭，燒不好那煙能熏死人，還會搞得渾身都是煙味。

這蘇家用的炭竟是連她也捨不得用的白炭，她是做媒人的，這手裡的銀子自然很寬裕，白炭雖然昂貴，卻也不是用不起，但像蘇家這樣燒上一大盆，旁邊還放著一大袋，這奢侈的做法她是萬萬捨不得的。

看來，蘇家現今是富貴了，若是能做成她家的媒，那這謝媒禮……

這樣一想，尤三姨面上笑得越發殷勤了，兩步走進去，一手從籃子裡拿出一個糖包遞給坐在旁邊的藝娘姊妹倆。「來，姨奶帶了糖，吃一點。」

兩姊妹看了眼劉氏，見她點了頭，才伸手接過來，道了謝後，藝娘站起身拉著妹妹離開了。

「這大冷天的，怎麼還過來了？」劉氏把手中的線分好放在一旁，端起茶水喝了幾口。

「老姊姊，豆腐坊什麼時候開門啊，家裡孩子們都想吃這一口了。」尤三姨靠近炭盆搓了搓烤得溫熱的手，並沒有直接道明來意。

趙氏端了茶水和招待客人的瓜子、花生進來，放在兩人中間的凳子上。

劉氏看著她，說道：「看天氣。」

她對尤三姨有些冷淡，如今家裡並沒有急著要娶親找婆家，這尤三姨這個時間上門，還能是什麼事？

尤三姨像是絲毫沒察覺到她的冷淡，笑咪咪道：「老姊姊，你們家大郎還一個人吧，這男人一個人終是不像樣子，孩子也要人照顧，我這裡倒是有合適的人選。」

如今蘇大郎成了鰥夫，這村子打聽著要把女兒嫁過去的不在少數。

劉氏撥了一下炭盆，答道：「大郎暫時沒這個想法，說要等孩子她娘滿周年再說。」

尤三姨早知道是這個回答，「哦」了一聲，沒有說話。

在心中思量了一會兒，尤三姨又試探道：「來年就要考試了，妳家三郎必定能高中啊？」

劉氏不鹹不淡地「嗯」了一聲，以為她是來給蘇彥之說親的，便看著她說道：「他三姨，三郎臨走前說了，婚事暫時不考慮，再三交代我不要悄悄給他定了姑娘，他不會同意的。」

現在蘇彥之可是女婿的熱門人選，凡是家中有適齡姑娘的都在觀望，只等蘇彥之高中便請人說媒。

尤三姨自是知道劉氏的想法，蘇彥之的婚事她這個做娘的雖然能做主，但也不能全權做主。當下，她笑了起來，說道：「老姊姊，這我自然知道，三郎日後是要封官拜相的，這親事定是要尋那門當戶對的。」

劉氏點點頭。

尤三姨終於開口，道明了今日的來意。「老姊姊，今兒個初三，大雪封路，我本不欲上門，只是有人託我一定要來走一趟。」

劉氏剝花生的手頓住，看著尤三姨，她接著說道：「是楊柳鎮里正老爺他夫人拜託我過來的。」

楊柳鎮也是他們的鄰鎮，去洪安縣的時候就要穿過楊柳鎮。

話一說開，便沒有什麼好遮掩的了，尤三姨直截了當說道：「老姊姊，我知妳素來疼愛姑娘，月兒這孩子我也是看著長大的，心中也十分疼愛。」

她話說得委婉，她知道劉氏一直把喬月當做眼珠子一般疼愛呵護，平日村子有人開玩笑說要求娶喬月，無論說得多開心，劉氏都會冷臉離開，對女兒的婚事比對兒子的科舉考試還看重。

所以在錢夫人拜託她說媒的時候，她本是推過一次的，但錢夫人給的媒禮實在不少，且說了不用包成，也能拿走銀子，所以這大冷天的她才願意上門試試。

「老姊姊，雖說錢老爺只是里正，但大小也是個官，他兒子又是獨子，家境殷實，大姪女嫁過去不會吃苦的。」尤三姨賣力遊說，把一旁的籃子拿了過來。「妳看，這是錢夫人讓我送給你們的。」

說著，尤三姨把紅布掀開，露出裡面的東西。

趙氏看過去，驚訝地瞪大眼睛。裡面裝著的竟都是金銀首飾等物，還有一些女兒家的穿戴所用，無一不精緻漂亮。

劉氏瞧了一眼，眼中閃過訝異之色，這麼貴重的東西竟然只是讓媒人帶來的小禮物？

尤三姨仔細觀察她的神色，見她似乎有些鬆動，趕緊又說：「錢夫人是真心喜歡大姪女，他們家在縣裡就有一家首飾鋪子，這銀子可是不少啊，大姪女嫁過去就是少奶奶了。

「錢夫人的兒子雖然不是讀書人，但也勤勞可靠，家裡的生意做得有模有樣，也長得一表人才，與大姪女正相配。」

這話一說，就連趙氏都有些羨慕了，若是她有女兒，只怕都要心動了。

劉氏沈吟起來，她的確想給女兒說一門四角齊全的婚事，聽著媒人的話，這錢家似乎還不錯，家境殷實，男方又是獨子，這樣就免去了妯娌之間的摩擦，公婆的心也都會放在他們身上。

見她猶豫，尤三姨覺得這事有點希望。「老姊姊，這門親事難得呀，不少人家都找過我想要和錢家結親，但錢夫人自從見過大姪女就找上了我，說只有大姪女才能與之相配，大姪女漂亮能幹，鋪子若有他們兩人，將來這銀子賺得只怕幾輩子都用不盡哪！」

劉氏聽見誇女兒的話自然高興，但也沒有立刻答應下來，而是道：「這件事我不能擅自答應，過兩天我寫封加急信去京城，問問月兒的意思。」

尤三姨頓時喜笑顏開，連聲道好。

又說了會兒，尤三姨便要告辭離去，劉氏讓她把籃子和東西都帶回去，這事不知道能不能成，這麼貴重的東西她萬萬是不收的。

尤三姨也沒再多說，只說來了信後通知她便離去了。

「娘，您答應了？」

人一走，蘇大郎、蘇二郎就冒了出來，跟著進了房間，急急地問。

「娘，小妹還小呢，不用這麼急著說親。」蘇二郎道。妹妹可愛聰明，他還想多留幾年呢。

蘇大郎也點頭。「咱們還不知錢家的底細呢。」

劉氏見他們這個樣子，坐在椅子上說道：「我知道，月兒過年剛滿十四，成親還早得很。再說了，我也沒答應，我不是說要寫信問問月兒的意思嗎？」

她對蘇二郎說道：「二郎，你去把虎子叫來寫信。」

第五十九章

直到正月過完，京城的天氣才漸漸轉好。

因蘇彥之和周勤要準備會試，喬月想好好照顧他們的生活飲食，就沒有打算做什麼生意，她每天要做的就是想方設法幫他們補充營養，讓他們有足夠的精力準備考試。

「哈哈哈！笑死我了，阿元，你怎麼說的這麼搞笑！」

傍晚的廚房裡，喬月正在準備晚飯，和江元一邊閒聊，沒想到被江元說的冷笑話給逗笑了。

江元白淨的臉上露出無奈的表情，看著笑得蹲在地上的喬月，嘴角也不由勾了起來。他說的笑話並不好笑，但喬月善於腦補，笑點又低，一個冷笑話竟讓她笑得快喘不過氣了。

「喲，喬月他們這是在聊什麼呢，笑得這麼開心，我可從沒見她笑成這樣。」院子裡，剛推門進來的周勤和蘇彥之就聽見了喬月響亮的笑聲，聽得他也不由自主跟著笑了起來。

蘇彥之卻一副面無表情的模樣，他背著手走進廚房，見喬月扶著桌腿蹲在地上，江元半彎著腰正要把她拉起來。

「你們在幹什麼？」

略帶不悅的聲音響起，江元猛地抬頭，見蘇彥之面色不善地看著自己，渾身一僵，拉喬月的動作也頓住了。

「三哥，你們回來啦！」喬月歡快地喊了一聲，見江元彎腰伸手，隨即把手搭了上去。「阿元，拉我起來。」她笑得腿都軟了。

蘇彥之見狀，扶在門框上的手緩緩收緊。

江元眼睫低垂，什麼也沒說，把喬月拉了起來。

「哎呀，小月妹妹，你們聊什麼這麼開心，說出來也讓我們笑一笑。」周勤似笑非笑地瞅了眼蘇彥之，站在門口說道。

喬月站起身繼續處理桌上的青菜。「沒什麼，周大哥，就是隨便聊了聊。」

蘇彥之面色冷淡。「阿元，你與月兒男女有別，以後要多注意點，女孩子家清譽要緊。」

江元咬了咬唇。「知道了，三公子。」

喬月愣了一下，不知道蘇彥之何出此言。「三哥，你太嚴肅啦，我當阿元是弟弟呢。」

江元才十二歲，她只當是自己的弟弟，一家人講究這些幹什麼。

蘇彥之沒想到她會向著江元，面色更加難看。「月兒，妳也是大姑娘了，要注意分寸，外人說閒話怎麼辦？」

江元是他們買回來的，這不是什麼能隱瞞的事，喬月整日與他待在一起，時間長了，外人肯定會說閒話的。

「好啦好啦，三哥你好像娘啊，這麼囉嗦，快去休息一下，等等吃晚飯再叫你們。」喬月不想再聽，連忙把蘇彥之推了出去。

吃晚飯的時候，幾人能明顯感覺到蘇彥之的心情不好，喬月幾次想說點輕鬆的話題，可只要跟江元說笑，蘇彥之那冷冰冰的眼神就看了過來，搞得氣氛很僵硬。

喬月不知道怎麼回事，用眼神詢問周勤，周勤只搖頭，給她一個意味深長的笑容，便只顧吃飯了。

這件事著實讓蘇彥之煩躁了兩天，在書院也有些心不在焉，被老夫子點名批評了一次。

「彥之，你怎麼了？」

午飯後，周勤見蘇彥之坐在院子的石頭上，便走了過去，見他皺著眉，有些擔心地問。

「彥之，還有十來天就要會試了，你現在的狀態讓我很擔心。」周勤仔細打量著他的神色，突然像是想到了什麼，嘆了口氣，坐在他身旁說道：「唉！不知道小月妹妹現在在家幹麼？昨天聽她說想吃聚祥園的烤鴨，今天不知道是不是跟那小子一起去了。」

話一出口，只見蘇彥之臉色變得難看起來，周勤大笑幾聲，引得周圍學子看了過來。

「彥之啊彥之，我可算是知道你在煩惱什麼了！」他一把勾住蘇彥之的肩膀，壞心眼地說：「江元那小子天天和小月妹妹待在一起，真是讓人擔憂啊！」

蘇彥之猛地轉過頭。「你想說什麼？」

周勤說道：「呃……我的意思是，小月妹妹聰明漂亮，又是救他脫離苦海之人，那小子肯定對她感覺……」他看著蘇彥之越發陰沈的表情，未出口的話一下子吞進了肚中。

蘇彥之瞪著他，瞪得周勤渾身發毛，他拍了拍蘇彥之，說道：「彥之，你是不是喜歡喬月？」

「我……」蘇彥之被說中心事，臉很快就紅了起來，偏過頭看向前方。

唉！

周勤搖頭嘆息，怎麼偏偏在這麼要緊的時候？

蘇彥之對喬月的心思，周勤其實早有發覺，早在他們還在洪安縣書院的時候，他就隱約察覺到蘇彥之對這個收養的妹妹態度有些不同。

或許那時候他是真的把喬月當作妹妹看待，平日裡提到她的次數也不多。可漸漸地，蘇彥之只要說起家裡的事，那必然會提到喬月。

之前他和蘇彥之去街頭寫字賺錢，後來他們家裡條件慢慢好了起來，便專注學業不再去了，可突然有一天，蘇彥之又往書齋跑，說是接了抄書的活計賺點零用錢。

周勤看得明白，蘇彥之賺來的錢全都用在喬月身上，買瓜子、點心、帕子、首飾，就連胭脂水粉，他也會去買上一點。

「小妹聰明得很，我教她讀書認字，她一下子就學會了。」

「這是小妹給我做的，讓我帶著下午墊墊肚子。」

「我衣裳破了，你看，月兒給我繡了菊花在上面。」

「小妹……」

「月兒她……」

原本不愛說話的蘇彥之，幾乎天天將喬月掛在嘴邊。

讚嘆妹妹的聰慧，心疼她為家裡的操勞。

只是蘇彥之死鴨子嘴硬，每次都會加一句「她是我妹妹」這樣欲蓋彌彰的話。

他們三人結伴來京的路上，蘇彥之對喬月的關心也早就超越了一般兄妹。

見周勤半天沒說話，蘇彥之臉色變得有些蒼白。「你是不是覺得我不正常，月兒是和我從小一起長大的妹妹。」

見好友為愛煩惱，周勤當然不可能打擊他，畢竟他和喬月又不是真的兄妹。

他笑了一聲，語氣輕鬆地說：「我早就看出你喜歡喬月了，你一直沒表示，我還以為你要等到金榜題名才會說出來呢。」

蘇彥之愣了一下，他確實是這個想法，只是這些日子被江元那小子亂了心緒。

年少單純，蘇彥之早在自己還沒意識到的時候就在吃飛醋了，眼見兩人整日同進同出，心裡終於按捺不住焦慮的感覺。

周勤盡力開導他。「小月妹妹受你母親疼愛，長得漂亮，賺錢的本事也是一流，與你這個大才子不是正好相配？」

蘇彥之情緒不高。「月兒一直把我當哥哥。」

周勤道：「你現在是煩惱喜歡喬月，煩江元那小子，又不是煩惱喬月不喜歡你。再說了，萬一喬月也喜歡你，只是跟你一樣藏在心裡呢？」

對啊！蘇彥之眼神頓時亮了起來。

周勤道：「至於江元，那不是更簡單？等你高中當官，身邊肯定需要一個隨侍，到時候讓江元跟著你不就好了，家裡忙不過來，你可以再請兩個姑娘或大娘不就行了。」

周勤在心中暗暗表揚自己，真是為兄弟的戀愛操碎了心呀！

「況且很快就要考試了，你若還分心不努力到時候落榜，可就配不上小月姑娘了。」

這句話說到蘇彥之的心裡，他現在富足的生活條件可以說是喬月一手給予的，年前千編萬畫坊的老闆特地跑了一趟，說是來送年底的分紅，蘇彥之也知道那是一筆不少的銀子。

喬月很聰明，若是她將心思用在經商上，估計就是金山銀山也能賺得來。

而自己呢？現在只是個空有名頭的舉人，若是不能金榜題名，那他還有什麼底氣讓喬月跟自己在一起？

金榜題名，榮歸故里。

這是蘇彥之一直以來的期望。

想通了這些，他心中豁然開朗，周身的鬱鬱之色頓散。「周勤，你說得對，現在我最應該做的就是努力考取功名才對。」

見蘇彥之恢復了以往的神采，周勤點點頭，站起身道：「想通了就好，咱們該去上課了。」

會試定在二月二十三，臨近考試的日子，京城內的氣氛也緊張起來，全國各地前來趕考的舉子塞滿各家客棧，馬車、驢車和轎子等出行工具也是供不應求。

考試這天，喬月仍舊駕著元寶送蘇彥之與周勤去貢院。

貢院寒冷，喬月早就準備好輕薄保暖的毯子和護膝等物讓兩人帶上。

時間一晃，到了三月初五的殿試，周勤、蘇彥之等一共中榜的一百零二人此時正在皇宮裡接受最後一場由天子親自坐鎮的殿試。

三月底的某一天，蘇家人如同往常一樣開門做生意。

早飯時間，鋪子很忙，縣裡驛站的夥計送來一封加急的書信。

直到晌午，蘇家幾人這才閒下來，請來的兩個幫工大娘正在清洗碗碟，趙氏進了鋪子坐下，見櫃檯下面放著一封信，便拿起來道：「娘，這裡有一封信。」

劉氏剛端了飯碗出來。「小芳，飯好了。」一見到她手中的信件，隨口說道：「應該是京城來的吧，剛才太忙了，還沒來得及讓二郎看。」

他們並不知道中榜通知是在什麼時候，因而只當是喬月對婚事的回信。

蘇二郎走了出來，接過妻子手中的信封打開，只一眼，便激動地雙手都開始顫抖起來。

「娘！三弟……」

劉氏一聽兒子這緊張的語氣，趕緊放下手中的碗，急急地問：「怎麼了？是不是三郎出了什麼事？」

趙氏在一旁也緊張起來。

蘇二郎瞪大眼睛，面上全是激動之色，他提高了嗓門。「娘，三郎中了！是狀元！」

「什麼?!」

劉氏和趙氏同時驚呼出聲，盯著他手中的信封，劉氏一把抓住兒子的胳膊。「二郎，你說什麼？」

蘇二郎高興地握著母親的手，看著兩人又說了一遍。「三弟中了！咱們家出狀元了！」

劉氏激動得眼淚都流了出來，雙手顫抖地擦拭著眼淚，喜極而泣道：「回家……咱們立刻回家，我要把這個消息告訴你爹！」

「哎！」蘇二郎應了一聲，飯也顧不得吃了，趕緊讓趙氏收拾一下將鋪子關上，三人趕著驢車回去了。

蘇家三郎中狀元的消息，不出三天便在洪安縣周圍傳開了。

一時間，前來恭賀的人差點踏破了蘇家的門檻。

尤三姨得知這個消息後也趕往蘇家賀喜，劉氏心情很好，留著尤三姨吃了頓飯，也將喬月的答覆說了。

「既然如此，一會兒我就去一趟錢家，錢公子與大姪女有緣無分，這是不能強求的。」尤三姨喝得滿臉通紅。

劉氏笑咪咪道：「麻煩大妹子跑一趟了。」

來信中說得很明白，喬月拒絕了。

雖說中了狀元，但任命卻不是立刻就能下來的，大永朝自古就有回鄉報喜的傳統。

因而在金榜提名後會有一個半月的期限，讓中榜的學子能回鄉報喜和安排好家中雜事，沒有後顧之憂地留在京城任職。

蘇彥之等人回鄉心切，便沒有再趕驢車，而是走水路回鄉。

到家那日，秋山村的老老少少都在村口等候，這可是秋山村出的第一個狀元，眾人也都與有榮焉，有了蘇彥之這樣一個狀元家庭在，秋山村的姑娘、小夥子的身價立刻水漲船高起來。

蘇家的筵席擺了三天才結束。

「娘，您跟我一起去京城吧。」結束後，蘇彥之說道。

劉氏聽了很高興，但她卻沒有立刻答應。「我放心不下家裡。」

蘇大郎笑道：「娘，您去就是了，家裡有我們照看，您不用擔心。」

「是啊，娘，大哥說得對，三弟高中做官，您操勞了大半輩子，是該去享福的時候了。」蘇二郎接話道。

眾人都點頭，喬月也說：「娘，我們在那邊有住處，什麼都很方便，您去了只管享清福就行了，若是住不習慣我再送您回來。」

幾個人你一言、我一語地勸說，劉氏終於點了頭。

第六十章

三年後。

「娘，您在看什麼呢？」

小客廳內，一個聲音柔美的婦人和趙氏端著一盤點心走了進來。

「清蓮，妳來得正好，快來幫我看看，這些都是許家娘子送來的。」

姜清蓮是蘇大郎娶的繼室，京城人士，家中是做布疋生意的。

一年半前，蘇家兩兄弟也帶著子女來了京城。

即使蘇彥之在翰林院就職，官封正五品，可他們也不是來投奔蘇彥之的。

他們在洪安縣的生意做得紅火，本不來京城，只想在老家過著富足的日子，但蘇二郎的兒子蘇正寶因手藝卓著，被竹編坊的孫老闆舉薦去千編萬畫坊分店做掌櫃的。

這可是一個難得的機會，蘇二郎和妻子一合計，既然不放心兒子孤身一人來京城，乾脆一家三口都來。

母親不在，兩個弟弟又都在京城，蘇大郎自然不願意再留在秋山村，長女蕓娘的手藝也日漸成熟，攢下的銀子足夠一家人生活了，因而兄弟兩人便都來了京城。

蘇彥之深得陛下器重，還被分到一間三進的宅院，他與喬月和劉氏住在一起。周勤因只是第二十名的進士，被分派到京城外的一個縣裡做了縣太爺。

劉氏拿起一張畫像，仔細端詳。「清蓮，這上面寫的是什麼字？」

姜清蓮走過去讀道：「王天平，十九歲，舉人。」

劉氏放下，又拿起一張，姜清蓮又唸道：「蘇瑾，二十三歲，秀才。」

「這個不行。」劉氏果斷拒絕，她的女兒可是翰林大官人的妹妹，怎麼能配秀才呢，不行不行。

趙氏拿起一張畫像。「娘、大嫂，妳們看這個人，樣貌不錯。」

姜清蓮看過去。「錢乾？這人我知道，他們家是做繡花生意的，還是皇商。」

劉氏點點頭。「嗯，留下。」

雖然是皇商，但喬月現在的生意也不比他們家差，喬家火鍋可是連陛下都誇讚過好吃的。

「娘，這個楊公子是尚書大人的庶長子，之前和三郎來過家裡。」趙氏記性很好，一下子就想起來了。

劉氏點點頭。「嗯，不錯，既然和三郎走得近，那人品肯定沒問題，留下看看。」

幾人正在討論，喬月端著煮好的花茶走了進來。

「娘、大嫂、二嫂，天氣炎熱，喝點清心降火的冰糖菊花茶吧，剛煮好的。」

「月兒，妳也來看看。」劉氏見女兒進來，笑咪咪地將她拉到身邊。

喬月如今在京城可是風雲人物，一手創辦的「喬家火鍋」在京城連開了三家分店，生意紅火的不得了，每到過節還要提前半個月預約。

火鍋店的強勢崛起，讓喬月的名字迅速在京城內傳開，在得知這個身價不菲的姑娘還是曾經的狀元郎蘇彥之的妹妹後，越發出名了。

如今喬月正值妙齡，容貌傾城，身段窈窕，又手握金山銀山，上門求娶的年輕公子數都數不來，京城有名的媒人都在蘇家混了個臉熟，真真是一家女百家求。

喬月對給自己找對象這件事並沒有很反感，這幾年忙於事業，終於是穩定下來了，也該到了說親的時候。

只是那人至今未開口，她也只能沈默。在古代這麼多年，她的性格也改變了不少，不似在現代豪爽開放了，多了不少女兒家的矜持。

幾人熱火朝天的討論著，下值回來吃午飯的蘇大人見前院靜悄悄的，一問才知今兒個又有媒人拿來畫像，老夫人她們正在挑選。

蘇彥之回屋換下朝服，吩咐江元幾句，便往後院去了。

「哈哈，娘，這個人的眼睛都被畫斜了。」喬月笑著指著手中的畫像笑了起來。

「那是鬥雞眼，不是畫斜了。」劉氏輕敲了女兒一下。

眾人都在說笑，屋外的蘇彥之見狀，笑著搖了搖頭。

「娘，我回來了。」蘇彥之面帶微笑走了進去。

劉氏見兒子進來，招手道：「你過來幫忙參詳一下。」

蘇彥之視線與喬月相交，溫潤的雙眸中滿含情意，喬月眼神閃躲了一下，白皙的耳垂泛起了紅暈。

蘇彥之隨意翻動了下桌上的畫像，搖頭道：「娘，這些都不適合小妹。」

「為什麼？」劉氏幾人疑惑道。

蘇彥之一本正經地說：「小妹未來的夫婿肯定要知根知底才好，咱們在京城時日尚短，這些男子脾氣、秉性如何都還不知道，萬一小妹嫁過去受委屈怎麼辦？」

這倒是說到了劉氏的心坎上，她皺眉道：「可月兒也該嫁人了。」

蘇彥之乾咳兩聲，說道：「我倒是有一個合適的人選。」

幾人都看向他，喬月也瞪大了眼睛。

蘇彥之微笑道：「他樣貌好，脾氣溫和，孝順母親，敬愛兄長，是陛下親封的五品官員，為人正直有學識，前途不可限量。」

他說得臉不紅氣不喘，喬月一聽，差點沒忍住笑出來，暗暗白了一眼春風得意的蘇大人。

「這人不錯啊！」劉氏點點頭。「那你找個日子把人帶回來給我看看。」

蘇彥之點頭答應。

事情暫定，幾人都往前院準備去吃飯。

蘇彥之和喬月落後幾步，慢悠悠地走著。

「我怎麼不知道蘇大人竟有這樣一個優秀的朋友？」喬月偏頭看向比自己高了一個頭的男人。

蘇彥之掩唇輕笑。「那月兒覺得我這朋友如何？能配得上聞名京城的喬老闆嗎？」

喬月噗哧一笑，噘了噘嘴。「三哥何時也學會這一套了？」

蘇彥之往喬月身旁靠近幾步，寬大的衣袖遮掩下，伸手握住喬月柔滑的玉手，低沈的嗓音滿含溫柔。「我已經讓阿元去請媒人了，明日我便上門提親。」

喬月白皙的臉頓時紅了，不好意思道：「我可沒說要答應你。」

蘇彥之笑了幾聲。「那我就一直纏著妳，直到妳答應嫁與我做妻子。」

第二天，劉氏讓兩個兒子、兒媳都在家中等候，要幫她看看蘇彥之說的那個優秀的男子到底如何？

眾人坐在客廳等了約莫一盞茶的工夫，只見張媒婆扭著身子、滿臉帶笑地走了進來，身後還跟著蘇彥之。

「三郎，你說的那個人呢？」見沒別人進來，劉氏疑惑地問。

蘇彥之遞給張媒婆一個眼神，張媒婆立刻上前說道：「老夫人，我今日是特地來給妳家四姑娘說親的，這人選啊，包您滿意！」

她笑得比春天的花還燦爛，指著蘇彥之道：「翰林大官人，蘇三公子如何？」啊？

眾人齊齊愣住了，只有喬月臉紅紅地看著蘇彥之。

客廳裡安靜得落針可聞，好一會兒，劉氏的眼睛在兩人身上掃來掃去，蘇大郎瞪著眼睛道：「三郎，你怎麼還毛遂自薦上了？」

蘇彥之雖說早就做好了準備，但還是有些緊張，思量著要從何說起，卻被自家大哥這一句話逗得笑了起來。

劉氏瞪了他一眼，看情況，這兩人應該早就互通情意了，只是一直瞞著他們。

喬月見劉氏不高興，趕緊上前坐到母親身邊解釋。蘇彥之也走了過去，不好意思地給母親賠罪。

張媒婆什麼世面沒見過，當下笑道：「老夫人心地善良收養蘇姑娘，京中誰人不知老夫人疼愛姑娘勝過親生，姑娘的婚事怕是老夫人最擔憂的事了。

「蘇三公子與姑娘是青梅竹馬，自小相伴長大，感情深厚，若能在一起，豈不是兩全其美？」

劉氏並不是老古板，況且表兄妹也有結親的，更何況他們兩人還沒有血緣關係呢，若傳出去，大可說是童養媳也沒什麼大不了的。

「娘，都是兒子的不是，不該瞞著您。」蘇彥之誠心誠意地賠罪，安撫母親。

劉氏看了看兒子，又看了看女兒，很快就接受了這件事。

其實她以前也不是沒有動過讓喬月給兒子做童養媳的心思，可惜兩人從小一直不對盤，彼此的關係比陌生人還差，她也就歇了這個心思，沒想到兜了一圈，她最初的想法竟然實現了。

劉氏嘆了口氣，拉過蘇彥之的手放在喬月的手上。「三郎，娘相信你能照顧好月兒，既如此，娘就將月兒的下半生交給你了。」

蘇彥之眸色堅定。「娘，您放心就是，兒子保證會永遠愛護月兒。」

多年後，「喬家火鍋」已經發展成全國最大的連鎖酒樓，其老闆喬月的名字更是傳遍了大江南北，而蘇彥之也從翰林院五品升至一品大員，深得皇帝器重。

關於蘇大人和他的童養媳的故事也被寫成了話本，隨著酒樓裡說書人的撫尺敲打桌面發出清脆的響聲，一句「欲知後事如何，且聽下回分解」，暫時告一段落。

——全書完

2022年12月出版

下堂妻幫夫改命

文創風 1122~1123

阻止前夫黑化成反派，拯救蒼生的重任就包在她身上！
她有現代人的智慧，老天的金手指，娘親的「鈔」能力，
這妥妥的天選之人，要翻轉命運豈不信手拈來？

一朝和離為緣起，千里流放伴君行／樂然

好心沒好報啊！救人出車禍竟穿越了，一醒來她就身穿喜服在花轎上，
更離譜的是剛拜完堂，屁股都還沒坐熱，一紙和離書下來就要她走人？
從新娘轉作下堂婦也就罷了，還被託付一個三歲小叔子要她養？
要不是繼承原主的重生記憶，這一波三折，她的心臟早就承受不住。
原來貴為國公的夫家，遭人構陷通敵賣國，一夕之間被抄家流放了，
天知地知她知，若放任前夫晏承平黑化成滅世暴君，那可不是開玩笑的！
為了扭轉命運的軌跡，她只能偏向虎山行，喬裝打扮帶著小叔上路，
好在老天給她神奇空間開外掛，娘親生前也留給她一大筆私房錢，
她能順利打點好官兵，又能護晏家人周全，一路將流放過成郊遊。
當散財仙子助晏家度過難關，她是存了一點抱金大腿的私心，
等前夫跟上輩子一樣成功上位，屆時論功行賞肯定少不了她一份，
未料，這人突如其來示好要她喜歡他，徹底打亂了她的盤算。
先不要啊！單身那麼自由，她可沒有復合再婚的意思……

2022年11月出版

掌勺千金

文創風 1120～1121

十指不沾陽春水的嬌嬌女，
變身熱愛美食的料理達人！
不論街邊小吃，還是辦桌筵席，通通難不倒她！
千金變大廚，舞鍋弄鏟，十里飄香——

點食成金／江遙

突然穿越到小說世界裡當個千金小姐，江挽雲有點懵。
家財萬貫，貌美如花，又有個超寵她的富爹爹，
聽起來這新的人生好像不賴對吧？才怪哩——
因為她這角色，是個腦袋空空的炮灰配角呀！
爹爹死後，她被繼母剋扣嫁妝，嫁給怪病纏身的窮書生，
受不了苦日子，丟下丈夫跟人跑了，卻被騙財騙色，悽慘一生。
江挽雲畢竟是看完小說的人，自然不會讓自己落入悲慘結局，
要知道那個被拋棄的病書生陸予風，就是小說男主角，
他以後會高中狀元，飛黃騰達的呀！
所以在男女主角正式相遇前，她會做好原配夫人的角色，
照料臥病在床的男主角，以免他掛點，導致故事提早結局。
靠著一手好廚藝，她先收服陸家人的胃，再收服全家的心，
一家人齊心努力上街賣美食，脫離負債，前進富裕——
目標推廣美食！努力賺錢！爭取舒舒服服過日子！

2022年11月出版

金蛋福妻

文創風1117～1119

一個人甜不夠，全家一起甜才是好滋味！
看她巧手生金，無鹽小農女也可以擁有微糖的幸福～～

明珠有囍，稼妝滿村／芝麻湯圓

家貧貌醜又被吃軟飯的未婚夫退親，再被流言逼得投河？這種人設要氣死誰啊！
穿越的唐恋火大，忘恩負義的渣男豈能輕饒，使計討回十兩銀子還是吃虧了耶。
孰料唐家人窮歸窮卻是標準的女兒控，竟揚言要替她招新婿出氣，令她好生感動，
既然能種出頂級作物的隨身空間也跟著穿到古代，翻轉家計的任務就交給她啦！
前世她可是手工達人兼廚藝高手，變著花樣開發新菜讓唐家廚房香飄十里不説，
再用空間裡的青草和竹子編出草編小物和竹扇賺得高價，攢足本錢開了雜貨鋪；
又做油紙傘賣給書鋪當鎮店之寶，身價一翻數倍，簡直是會下金蛋的金雞母～～
如今家人吃喝不愁，她便想試試被村民當成毒物拒食的野菇料理，出門採菇去，
卻遇見戴著銀色面具的神秘男子攔路買菇，還説這是好吃食，不由大為疑惑——
全村能辨認美味野菇的只有她，難道這人也懂菇，還同是深藏不露的吃貨不成？

2022年10月出版

撿到潛力股相公

文創風1109～1110

她當機立斷，花幾個銅板擬好婚書就把自己給嫁了，
而現成的相公正是那個她救回家養傷的瘦弱少年郎！
雖然至今昏迷不醒，但她已認出他是誰，這樁婚事將來穩賺不賠……

大力少女幫夫上位／晏梨

不速之客上門認親，聲稱她是工部陸大人失散的親生女，蕓娘反應出奇冷淡，
毫不猶豫關門送客，對那官家千金所代表的富貴榮華無動於衷！
開什麼玩笑，誰說認祖歸宗才有好日子過？
重活一世，她已不稀罕當那個被自家人欺負、最終短命而亡的柔弱千金，
姑娘有本事自力更生，憑著養父留下的殺豬刀，以及天賦異稟力大如牛的能耐，
當村姑賣豬肉何嘗不是好選擇？小日子勢必比悲摧的前世過得有滋有味～～
只是本以為裝傻能阻絕陸府的騷擾，怎料事情沒這麼簡單，煩心事接二連三，
無良大伯還來摻一腳，籌謀著想把她賣給隔壁村的傻子當媳婦，
想來她得先下手為強把自己嫁了，名義上有了夫婿，看以後誰還敢算計她！
好在身邊有個最佳的相公人選，正是她從雪地裡救回的落魄少年顧言，
雖說他有傷在身至今昏迷不醒，但已花了她不少銀兩及心力救治，
也該是他「以身相許」回報的時候了……

人生若只如初見，何事秋風悲畫扇／

不繫舟

2022年10月出版

一妻當關

一賠二十的賭注，她是唯二押了六元及第的人，
另一個是她閨密，看她面子意思意思押了一百兩而已，
為什麼她敢玩這麼大？因為她下注的那人是她夫婿啊！
自個兒的男人她不挺，誰挺？
更何況，他的實力她是知道的，那是妥妥的殿試一甲啊！

文創風 1111 **1**

要不要這麼驚險刺激啊？沈驚春才穿來，就面臨再度領便當的逃命大戲！
原來原身是宣平侯府的假千金，當年被抱錯了，與正牌大小姐交換了身分，
如今真千金回府認親了，她這個本來就不得侯夫人疼愛的狸貓只得滾蛋，
不料那個送她返回沈家的侯府護衛，在途中竟想對她來個先姦後殺！
想當初她一路廝殺，連喪屍都不怕，而今又怎會怕他區區一個人類？
沒想到順利返家還沒認親呢，一進門就先看見她一家子被其他房的人欺凌，
而那被壓在地上打得鼻青臉腫的男人，竟跟她末世的親哥長得一模一樣！
親哥當年為了救她而喪命，莫非也早她一步穿來了？但……穿成個傻子是？

文創風 1112 **2**

老實說，沈家這些便宜親人她幾乎都不認識，要說多有愛那是睜眼說瞎話，
但打誰都行，獨獨要打她沈驚春的哥哥，得先問過她的拳頭！
如今的當務之急是想辦法攢錢治好傻哥哥，確認他和末世的親哥是不是同一人？
不過一下子拿出許多這世間沒有的種子太惹眼了，先種玉米就好，
待玉米豐收後，她又種起了辣椒，沒辦法，她這人嗜辣成癮、無辣不歡啊！
之後還有關乎百姓穿得暖的棉花、讓貴族們求之不可得的茶葉要種，
想想她一個農村姑娘卻擁有種啥皆可長得無比厲害的木系異能，
這不就是老天賞飯吃，要讓她妥妥地邁向致富之路嗎？

文創風 1113 **3**

這日，力大無窮的沈驚春上山想尋找些珍貴木材好砍回家做木工活，
哪知樹沒找到多少，卻在一座孤墳前撿了個發燒昏迷的漂亮男子回家，
經沈母一說，她才知道男子叫陳淮，是個身世坎坷、孤苦無依的讀書人，
留他在家養病的日子，他可能感受到了家庭的溫暖，竟自願嫁她當上門女婿！
但婚後她意外發現他身上明明有錢啊，那幹麼把自己過得這麼窮苦潦倒？
一個才學過人、顏值沒話說、身上又有錢的男子，為何甘願當贅婿？
莫非……他對她一見鍾情？嗯，這倒也不是不可能，
畢竟她這人雖貌美如花又武力值極高，偏偏腦子還挺好使的，誰能不愛呢？

文創風 1114 **4** 完

世上人無奇不有，比如這位嘉慧郡主就是奇葩中的奇葩、瘋子中的瘋子，
仗著皇帝外祖父的寵愛，即便死了兩任丈夫就沒再嫁人，宅中卻養了極多面首，
本來嘛，人家脾氣驕縱又貪戀男色跟她沈驚春也沒啥關係，
但壞就壞在瘋郡主這回瞧上了她家陳淮，丟出十萬兩要她主動和離啊！
先不說陳淮是個妻奴，更是妥妥的殿試一甲，未來官路亨通、前途無量，
光說她自己那就是臺印鈔機啊，才十萬兩而已，她自己隨便賺就有了！
不就是背後有靠山才敢這麼囂張嘛，她後頭撐腰的人來頭可也不小好嗎？
有她這個妻子當關，任何覬覦她夫婿美色的鶯鶯燕燕都別想越雷池一步！

文創風
1138

一勺獨秀 下

國家圖書館出版品預行編目資料

一勺獨秀 / 南小笙著. --
初版. -- 臺北市 : 狗屋出版社有限公司, 2023.02
冊 ; 公分. --(文創風 ; 1137-1138)
ISBN 978-986-509-397-6(下冊 : 平裝). --

857.7　　111022120

著作者	南小笙
編輯	王冠之
校對	陳依伶
發行所	狗屋出版社有限公司
地址	台北市104中山區龍江路71巷15號1樓
電話	02-2776-5889～0
發行字號	局版台業字845號
法律顧問	蕭雄淋律師
總經銷	知遠文化事業有限公司
電話	02-2664-8800
初版	2023年2月
國際書碼	ISBN-13　978-986-509-397-6

本著作物由北京晉江原創網絡科技有限公司授權出版

定價280元
狗屋劃撥帳號：19001626
網址：love.doghouse.com.tw　E-mail：love@doghouse.com.tw